Jean-Marie DAMAIS

UN SPASME DE VACUITÉ

Sotie

Les Presses du Midi

À paraître aux Éditions Les Presses du Midi :

"Mosaïque convulsive" (réédition)

Couverture : huile sur toile de San Giorgio Degli Schiavoni
(1502) "La vision de Saint-Augustin".
Carpaccio

Impression PDM

---

121 avenue d'Orient - 83100 Toulon
Tel. : 04 94 16 90 20 - Fax : 04 94 16 90 29
Dépôt légal septembre 2002
ISBN : 2-87867-417-0

À Anne et Gilles

« Le goût aristocratique de déplaire »
Balthus

Je suis bien seul dans cette maison. Oh, la belle phrase languide au pathos breveté plein chant d'automne et jeunesse en allée ! Attention, gardez-vous de prononcer à la légère sur le sens de cet incipit, car un examen attentif de l'ouvrage, que d'aucuns trouveront peut-être déroutant à cause du mélange des registres et même, pourquoi pas, agaçant par un côté style parlé à l'emporte-pièce, manifeste la présence quasi exclusive de la deuxième personne du singulier comme embrayeur narratif, si bien que les experts, attentifs à la cohérence de l'ensemble, sans sous-estimer la portée considérable de la correction qui, en modifiant le rapport du narrateur à l'histoire qu'il raconte, rendrait assez inconfortable l'identification du lecteur à l'auteur du récit, proposent crânement la variante suivante : tu es bien seul dans cette maison. Fallait-il exclure l'hypothèse excitante, selon laquelle l'auteur aurait sciemment cultivé le flou entre le je et le tu ? Aux lecteurs de trancher.

D'autre part l'étude comparative des cinq exemplaires disponibles révèle sur quatre d'entre eux l'existence d'un signe de ponctuation à un endroit stratégique de la phrase ; dès lors, il semble raisonnable de rétablir la virgule passée à la trappe, victime d'un coma passager. Il faut donc lire : tu es bien, seul dans cette maison. Ça change tout ! Exit la mélancolie pleurarde. Le sens est-il pour autant maîtrisé avec certitude ? Loin de là. Pour dépouillée qu'elle soit, la phrase sous cette forme reste complexe, car elle est chargée de subjectivité : c'est une voix aux inflexions aléatoires; le ton peut être amer, ironique, agressif, triomphant... « Quel abîme, quel abîme tu m'ouvres ! » Mais trêve de gloses pseudo-savantes. Le bailleur de mots propose, le lecteur... excellent, vous avez trouvé le terme manquant, vous êtes sur le bon rail, laissez-vous guider par la voix et emporter là où elle vous parlera le mieux de vos propres émois.

Tu t'y sens bien, en effet, à l'abri de tes frères humains, si peu fraternels que le commerce des chats et des tortues déçoit moins cruellement. Par l'esprit, tu as pignon sur les boulevards nauséabonds du « branloir social », vue panoramique sur l'infinie palette des turpitudes perpétrées par ceux qui gouvernent les peuples. L'usage du monde te dispense aujourd'hui de recourir aux intercesseurs et aux maîtres à penser. Toute modestie bue, tu es devenu ton propre professeur de lucidité.

C'est bon de vivre seul; d'où vient que les ruminants de base tremblent à ce point d'être confrontés à la solitude ? Ignoreraient-ils que dans le décours ordinaire des jours on en bave encore plus en compagnie ? Se peut-il qu'on doive ramer chaque jour, à longueur de vie, pour essayer de plaire ou ne pas déplaire, à ses proches, à ses amis ? Le plus souvent pour rien, car, sauf à se comporter comme une carpette, par un biais ou par un autre on fait toujours de la peine, les scrupules ne servant qu'à enfoncer davantage dans la déploration ou la résignation. Au lieu que grâce à ta condition de solitaire, tu jouis en permanence d'une liberté sans entraves; tu peux te livrer à des facéties incantatoires sans encourir les avanies usuelles, gros yeux, agacements, inquiétudes, questions, ahurissements, jérémiades des colocataires, pousser des cris en mimant des shows d'apocalypse, boire tout ton soûl, manger n'importe quoi n'importe quand, sortir tout nu de la salle de bain, invectiver les salauds en tous genres, écouter en boucle l'intégrale des quatuors de Bartok, te murer des heures durant dans un silence de plomb… tu peux choisir une émission de télé sans déclencher une guerre domesticole, cracher au visage du journaleux tartuffard et du politicien véreux planqués derrière le tube cathodique pendant le concours de langue de bois, quitte à essuyer avec des gestes d'homme de ménage méticuleux le glaviot qui s'étire mollement sur l'écran, remâcher l'épineuse question des interférences du rêve et de la réalité, songer à loisir à la Sérénissime dont la puissance onirique est si forte qu'elle sort intacte et même renforcée de la confrontation avec la réalité, exemple unique entre les lieux qui exaltent ton imagination, méditer, en bon stylite, jusqu'aux heures les plus avancées de la nuit, à condition de mettre un coussin sur la colonne, sur le non-sens du monde en proie à sa grimace, ou pleurer.

Tu es bien, seul dans ta maison, refuge frais et rassurant, fréquenté de longue date ; tu en sais les baumes discrets.

Aujourd'hui tu ne pourrais y vivre avec personne, tu n'y pourrais vivre qu'avec elle.

Préparatifs

C'était une journée exceptionnelle, elle allait venir; dès l'aube il était au comble de l'excitation. Qu'elle se fût annoncée en visite coup de vent ou en visite longue durée ne changeait rien aux préparatifs qu'il accomplirait avec enthousiasme et gravité, selon un rituel quasi immuable. Bien que n'ayant pas grand-chose à faire, il se levait de très bonne heure; la tension nerveuse, qui tirait à hue et à dia sur le système et transformait le futur retraité en corps électrique, interdisait tout abandon au prélassement. Remettre le lit en état, « au cordeau », comme l'aboyait, sans connaître le sens de l'expression, l'adjudant-chef aux bleus d'Orléans-Bricy terrorisés par le chantage aux permissions, requérait moins de deux minutes, car les nuits sages de l'occupant limitaient le désordre à quelques froissures de drap; il escamotait le tapis crétois usé jusqu'à la corde et posait dans la ruelle un cachemire en soie, achat récent effectué selon le principe herrmannien; et pour en finir avec la chambre il pulvérisait un nuage de parfum vanillé sur les deux oreillers, sans préjuger si un concile d'amour s'y tiendrait ce jour-là. Une fois faite la vaisselle des six derniers repas, il allait au pain comme tout p'tit à Issy-les-Moulineaux, et au journal : point de survie pour les célibataires sans cette manne quotidienne. Pourtant si un appel téléphonique devait confirmer sa venue, il restait à la maison, jusqu'à midi s'il le fallait, dût-il se priver de ce double viatique. Voici venu le temps des ablutions, la grande toilette, comme à la ferme en Normandie où ils s'étaient réfugiés pendant la guerre, c'était le nom que sa maman donnait au décrassage hebdomadaire : il était debout, tout nu, exposé aux regards de tous, haut comme trois pommes mais dûment membré, sur une chaise placée contre la cuisinière à bois munie d'un bain-marie providentiel. Maintenant il s'attardait dans la baignoire comme n'importe quel quidam nanti d'un domicile fixe ; ensuite, rasage minutieux, zeste de déodorant sous les aisselles, vaporisation sur le torse d'une fragrance irrésistible. Après quoi il s'habillait de propre, sans pouvoir gommer tout à fait l'imperfection visible sur le pantalon, faute de repassage, à quoi sa main inexperte avait tenté de suppléer. Loin de s'en formaliser, il s'en réjouirait presque, car une de ses coquetteries était que subsistât au moins un détail qui détonnât : sans fausse note dans sa mise il n'était plus lui-même ; on a les raffinements vestimentaires qu'on peut : ce peut être un rasage approximatif, un col de chemise élimé, un pantalon froissé, un chandail ringard, des couleurs mal assorties. Mais pour l'accueillir il ne s'était autorisé que l'epsilon de la négligence ; il était beau comme un sou ancien. Puis il inspectait chaque pièce, sans nécessité aucune d'ailleurs, car tout était nickel ; sa présence feutrée confinant au virtuel, l'ordre régnait, sauf peut-être dans la cuisine, dont le rangement laissait à désirer. Au cours de ces allées et venues dans la maison, il avait l'occasion d'apercevoir sa figure dans la glace du couloir, de s'y regarder même, plutôt deux fois qu'une, pour vérifier quoi ? Ce faisant il jouissait de sa belle personne plus que durant les semaines de séparation. Qu'est-ce qu'il voyait ? Un front gris barré de rides, un début d'enflure aux bajoues, un regard stupide battu au vent mauvais de la détresse : c'est que depuis peu à son corps défendant il anticipait son départ, sale temps de mort où les nœuds et les joints de la machine se disloquaient, il connaissait la torture de l'arrachement d'avec elle, avant même qu'elle ne fût là. Il se peut donc que le malade d'amour empoisonne l'avant, et parfois même le pendant, par l'angoisse de l'après : serait-ce là le symptôme révélant que la maladie est désormais incurable ? Il touillait consciencieusement quelques grammes de dopant dans un grand verre de son médicament fétiche millésimé, ça brillait.

Il était temps d'ouvrir leur havre de paix et d'intimité, d'œuvrer, même si rien n'était dérangé pendant sa longue absence, à la parfaite harmonie de l'ensemble ; la lithographie du subtil Baracco jetait tous ses feux, sur le coffre au-dessous l'ombrelle vénitienne déployait ses dentelles, sur le sol un tapis persan rutilait ; le minuscule bureau servait d'aire d'accueil à la lampe art-déco en céramique, au Janus inachevé sculpté par l'amant, aux cartes postales rangées dans les rainures prévues pour les plumes et les crayons, périodiquement renouvelées, pour l'heure les dentellières de Toffoli, la nymphe endormie de Brancusi, le Rialto peint par Canaletto. Il caressait furtivement les bols à thé japonais, impatients de participer à la cérémonie et de délivrer leur message, glissait les menus cadeaux du jour dans le tiroir secret de la mallette, introduisait une rose rouge dans le bec d'un vase en jade, et il souriait à la pensée que la fantaisie de l'aimée aurait en un clin d'œil dévasté l'austère assemblage. La mini-chaîne hi-fi, posée par terre, se tenait prête à libérer les canons contrapuntiques de l'Offrande musicale ; un chevalet de chez Camif portant un livre entrouvert sur l'art pharaonique, l'œuvre de Carpaccio ou de Vermeer… invitait à un voyage immobile dont elle changerait probablement le cours. Cette pièce qu'il avait aménagée dans la ferveur, ils l'appelaient le sanctuaire ou le musée, une chambre poétique qui leur parlât de leurs rêves de beauté et de bonheur, où retranchée un instant du carcan de la routine, elle se reconnût dans sa propre analogie. Le vase en jade, la gravure et les dragons vietnamiens, le pot en écorce de cannelier, c'est elle, le brûle-parfum qui semble une pirogue en partance pour l'autre rive, les livres-fresques de Nick Bantock, c'est elle, l'amulette en fritte aux traits de la déesse magicienne restauratrice de son époux démembré, c'est elle, le jardin miniature où « le végétal se marie au minéral », fleurs séchées, sculptures naines…, fibres de serpentine, orange momifiée, fragments de rose des sables et de lave, conques nacrées, c'est elle, le délicat fuselage de « nuits indiennes », le chardon bleu des Causses épinglé au mur, les verts miroitements des eaux captives, c'est elle, l'ordre en sursis, c'est elle. C'est ainsi que se déroulait le cérémonial quand il savait qu'elle viendrait. Mais chaque semaine, à moins d'avoir l'absolue certitude du contraire, « l'espoir malgré lui se glissait dans son cœur » : il effectuait alors les mêmes préparatifs, il simulacrait tout, en vue de la visite virtuelle.

Seule l'attente n'est pas un leurre : on entre en souffrance, on est nerveux, à cran, on se livre à d'étranges gesticulations, on est garrotté, noué, la mort intérieure gagne du terrain. Il se souvenait de son fils, scotché durant des heures derrière la fenêtre en mal de l'unique bonheur de sa vie, la dame qui l'emmènerait se promener, c'était pareil si elle ne devait pas venir, rien ne le détournait de son attente, car il ne réalisait pas, ne savait pas, ne comprenait rien aux vacheries du destin, ne parlait pas, n'acceptait pas, il criait et se déchaînait soudain quand le jour déclinait, car il sentait les choses, devinait l'irrémédiable.

Il lui arrivait aussi de sortir de ses gonds, il éructait des injures salaces contre le genre humain, l'absence d'elle le viandait crûment, tempes sous tenailles, tremblements de chair, corps écartelé, les mercredis sans elle en chair et en lumière, c'est coucher avec la mort, il fallait pourtant en finir avec cette autolècherie morbide, il se jetait alors sur son pilier de survie le plus performant, le magnum de Bordeaux.

Mais aujourd'hui elle vient, c'est sûr, il attend, immobile, recroquevillé sur la transe à venir, la lecture et la musique ne sont plus de mise, il ne supporte même plus les grimaces télévisuelles les plus débiles ; à chaque bruit de moteur un froid intérieur engourdit son épine dorsale, son cœur cogne la charge ; à chaque ralentissement de véhicule ça brûle partout, ça frôle le collapsus, mais quand la silhouette magique se découpe dans l'embrasure du portail, il sursaute, étonné et surpris, il bondit comme un qui ne se connaît plus plombé par l'âge, court vers elle, glisse sur un coussin d'air, s'embrase, les mains se tendent, les yeux, les corps se rejoignent, les parfums s'entremêlent, les bouches s'étreignent, le monde extérieur est aboli.

Marie-Anne

Un jour, ulcéré par son manque de prévenance et de considération, ayant encore dans la bouche plusieurs semaines après ce coup un arrière-goût de latrines, tu lui as posé une question précise consécutive à un incident futile, une grotesque histoire de répondeur, de panne partielle et d'appel différé, la totale de l'incommunication endémique, qui avait dégénéré en dispute mesquine assez éloignée des subtilités du marivaudage, dont l'érudit le plus vétilleux ne relèverait pas le moindre indice sur la carte du Tendre : « Vous (tu vouvoies Marie-Anne, si réelle et si familière, alors que tu tutoies l'inaccessible Milena, si peu incarnée, inconséquence digne d'un esprit assez tordu) avez trouvé naturel de n'avoir pas un seul mot ni un seul geste pour me retenir, alors que j'étais en plein désarroi, ce vendredi sinistre, au lendemain d'un anniversaire désormais inscrit dans ma chair au rouge d'une plaie pérenne, comme l'autre il y a environ un an, quand vous m'avez infligé, en toute légèreté de cœur et d'esprit, le premier camouflet de notre histoire. Je soulève aujourd'hui une hypothèse des plus fantaisistes, vous en conviendrez : si un jour, parce que je trouverais trop pénible votre désinvolture s'ajoutant à l'absence permanente de tendresse, je proposais de ne pas poursuivre plus avant, feriez-vous un geste, quelque chose, je ne sais quoi de ludique et de poétique pour me retenir ? Je vous demande de répondre par oui ou par non, comme à l'université, première année, où l'évaluation des connaissances s'éprouve au crible de la complexité zéro, parce que toute autre formule, en particulier votre fameux "je ne sais pas", qui m'a maintes fois cloué de doutes et d'inquiétudes, quand je cherchais naïvement, pathétiquement devrais-je écrire, à savoir si vous m'aimiez un peu, beaucoup..., veut dire invariablement non. »

Marie-Anne répondit non et ne te revit pas. C'est clair, le bouleversement dans sa vie est de l'ordre du iota.

Vous aviez tout (ce tout, diplomatiquement emphatique, est un cliché cher au discours amoureux qui distille un parfum de mélancolie propre à raviver les larmes, quand tout est consommé) pour vous entendre, être bien ensemble, mêmes valeurs, mêmes espoirs, pour partager des moments de bonheur dans l'intimité des corps et des esprits.

Foutue époque tout de même : la dernière image que tu as d'elle est un sourire convenu accompagné d'un petit geste amical de chiottes à travers un pare-brise.

Son empreinte est lourde encore, palpable, si réelle sur ta peau, cou, dos, bouche, ventre, épaules, verge...

Un week-end sans vous,

c’était comme une fleur sans corolle,
un Pärt sans tintinnabuli,
une flèche sans le paradoxe de Zénon.

Tu t’es vu quand t’as pas bu ? Tu es moche, bancal, souffreteux, tu sembles un bleu de chauffe délavé, une ruchée d’asticots grouille dans ta trachée, tu branles du chef, le noir est ton écran, tu souffres, quoi d’autre quand l’avenir est plombé, flapie la mécanique des épaules, tu nausées, un goût de lait caillé sur la langue, tes yeux fragiles sont des caldeiras éteintes, tu bats le pavé dans ta maison vide comme un lion sous séquestre, « c’est bizarre, on dirait que ta maison n’est pas habitée », te confia un jour sur un ton suce-miel une visiteuse inopinée, après avoir parcouru sans curiosité apparente, alors qu’elle avait tenu à faire le tour du propriétaire, avec juste ce qu’il convient de réactions intermittentes pour montrer qu’on s’intéresse, les différentes pièces de ton logement. La remarque, dénuée d’animosité, se voulait objective ; elle s’appuyait sur l’ordre et la propreté du lieu d’où émanait une certaine froideur, mais tu savais qu’elle ressortissait à un regard qui dépassait le visible et le contingent, parce que la connaissance que ta vieille copine avait de toi, forcément incomplète et conjecturale, lui faisait plutôt augurer quelque laisser-aller dans le rangement; elle te prenait en effet pour un cérébral détaché des réalités matérielles ou pour une sorte de poète un peu exalté, clichés plutôt sympathiques à ton endroit.

Tu avais tout montré, sauf le « sanctuaire » dont tu avais furtivement entrebâillé la porte, en le désignant du terme mystérieux de musée inachevé, comme pour susciter chez elle à la fois le désir de voir et la frustration de n'être pas admise, ta préoccupation première étant de préserver votre sanctuaire de toute intrusion intempestive, qui aurait confiné au sacrilège; n'empêche que tu avais souri sous cape en comprenant que par ce geste tu venais de te rendre coupable d'un procédé cher aux conservateurs de musée qui s'ingénient à interdire l'entrée de certaines salles, celles naturellement qui abritent les trésors qu'on est venu voir en priorité, à l'aide d'un cadenas ou d'un simple cordon, no trespassing. Seule Milena conduite d'une main câline aurait eu le droit d'en troubler le bel ordonnancement, sa grâce, sa vivacité, ses inflexions claires et son parfum à l'exotisme discret y auraient insufflé un désordre inspiré qui lui aurait redonné vie et couleurs. Désarçonné par sa pertinence, tu n'avais pas relevé la remarque de ta copine; l'intuition féminine avait encore frappé. Effectivement tout est propre dans la maison; soyez attentifs à la préposition : il ne faudrait pas confondre cette phrase anodine avec le vers fameux de Léo Ferré stigmatisant l'hypocrisie et la veulerie des bourgeois des années cinquante, les « temps étaient difficiles », qui envoyaient leurs filles enceintes en Suisse, « pour que tout soit propre à la maison », subtil jeu de prépositions à la française. Le lisse, le briqué et le net aujourd'hui règnent en maîtres ici; « on dirait que ta maison n'est pas habitée », ce n'est pas une révélation pour toi, tu connais son occupant : sans consistance, il ne pèse pas sur les choses, ne les dérange pas; quasi spectral il les effleure, comme absent, et tu sais sa misère.

Faut faire avec, radote la pseudo-sagesse populaire, pas moins sage que celle qui ne serait pas populaire, tout aussi factice, toi tu ne fais pas avec, tu te défais, pour un rien tu pleures silencieusement, tu veux mourir, dehors tu rases les murs, la honte, qui est la plus fidèle compagne des blackboulés, t'engourdit, tu fuis le regard des autres, souffrir, c'est humiliant, tu sais qu'il n'y a rien de plus abject que le spectacle de la misère, d'où qu'elle vienne, rappelez-vous l'horreur de ces corps d'enfants-squelettes, scrofuleux, regards hallucinés, abandonnés au silence de la mort lente ou violente, tu te souviens de ton fils : ton golo, comme tu aimais l'appeler, n'avait pas faim ni soif, n'était pas nu, ne subissait pas le déchaînement des guerres tribales et pourtant il touchait le fond de l'abandon et de l'exclusion, à croupir dans un mouroir agréé par les crevures du Sanitaire et Social, car il n'avait pas sa place dans cette société bien policée qui est la vôtre, il était débile profond ; saignés en brousse par milliers pour délit d'ethnie, il n'y a que Mère Dolorosa assistée de quelques techniciens ès famines pour les côtoyer, nourrir, soigner, les autres, lâches complices de la violence faite au tiers-monde, se sauvent, la chiasse au fion, et discourent.

Quel contraste quand tu as bu ! Changement de port ; gaillard, tu marches presque droit, tu suspends ton pas sans tremblement-panique, tu regardes les autres, parais heureux, tu es beau, rien ne dissemble plus de toi que le portrait que tu tires à jeun, tu es lion, non seulement tu ne chiales plus mais tu fredonnes la toccata de Martinu, tu révoques les vieux démons qui t'invitaient au voyage sans retour, tu as envie de vivre, de parler aux gens, d'aimer une femme, tu redeviens lyrique, témoin ce court poème que tu avais glissé dans la première lettre à Marie-Anne que tu venais de rencontrer, composé sur le modèle des haïkus :

Ciste magique,
où désirs et souvenirs se confondent,
je me grise de ta présence prochaine,

les jours s'étirent délicieusement, une vague de compassion pour tes semblables te submerge, même s'il te reste une dent contre les ordures régnantes, tu n'es pas loin de les absoudre, ta rogne se dissout aux degrés d'alcool absorbé, tu ris, mais quand tu n'as pas bu, ton apparence humaine s'estompe au flou de ta perplexité chronique, le toutou-chrysalide rhabille ton être et pour peu que tu déambules parmi les vastes cirques marchands ou sur les trottoirs encombrés d'une grande ville, tu négatives à mort. Se peut-il qu'on croise des centaines de personnes sans rencontrer un seul visage ? Rien dans ce grouillement de quidams aux attitudes mécanisées ne t'avertit qu'ils sont tes semblables, tes frères. Tous ces animaux-là appartiennent à la race humaine ! Il faut l'avoir appris pour y croire. Il est probable qu'un sentiment aussi prégnant habite Meursault, si calme d'ordinaire en son indifférence au monde, quand quelques heures avant son exécution il clame son désir de mourir au milieu des cris de haine de la foule ; « Meursault est le seul Christ que nous méritions », commente l'auteur. La hargne contre le genre humain te mange, pour un peu d'une dérive l'autre tu pactiserais avec l'intolérance célinienne, mais tu évites le massacre, car tu focalises ce qui te reste de force de haine sur les crapules incontestables, vêtues de meurtres et de rapines, qui gouvernent les peuples ; tu as consulté le dictionnaire thématique paru au Terrain Vague : tu ne jouis pas d'une patience de bénédictin pour répertorier tous les noms, mais à la lettre B une entrée excite tout particulièrement ton ire, bush… Le président des E-U est un gangster, qui impose aux membres de sa bande, un mafieux, un expert en corruption, un fasciste à tête de rat, un larbin et trois figurants, sa volonté de continuer à polluer impunément la planète, quelle que soit l'exorbitance du prix que la terre devra payer : il faut une puissante raison, pensent les gentils membres, pour s'obstiner à une telle inconséquence criminelle : garantir le niveau de vie de ses administrés. Tu hallucines ! Comment réagissent les seconds couteaux ? S'opposent-ils, se rebellent-ils, mettent-ils les Américains en quarantaine, traitent-ils bush-d'égout pour ce qu'il est, une canaille ? Ils se couchent, entonnent l'hymne glorifiant le veau d'or, lèchent les rangers du shérif suprême ; les laquais de presse ne pipent mot et vous, électeurs de tous pays, vous vous couchez pareil. À partir de quelle phase de l'agonie annoncée le crime contre l'humanité sera-t-il retenu ? Débat ardu, à cause du vide juridique : l'Internationale des juristes se réunira en conclave pour finaliser le mode opératoire d'évaluation et disputera un long temps, et quand la planète sera assassinée, défoliée, énouée, chaque branche sue sa solitude, vous, asphyxiés de la terre, recevrez une aide psychologique pour le travail de deuil.

Tu te souviens de ton ami chanteur. Un jour il sortit précipitamment du boui-boui, marcha quelque temps sous la pluie, renifla nerveusement en branlant du chef tous azimuts, comme pour débarrasser ses narines d'un corps étranger, lorgna le ciel d'aluminium et moulina des bras, pareil à un vieil albatros rythmant l'inanité d'un dernier envol. « Les glaciers fondent, l'ozone fout le camp, à vos masques ! » hurla une tête pas possible dressée vers le crépuscule zébré d'éclairs ultra-violets. « Au secours, j'ai soif ! » Un rire homérique désarticula l'effaré. Le rire sauvage du chanteur, étendu maintenant sous un chêne à la frondaison sale, fendit les langues de bois, rebondit sur les claviers décolorés, longue plainte cahotante, secoua les feuilles criblées de pluie acide, s'arrêta d'un coup, bouche écartelée avalant gourmande le liquide empoisonné.

Un paradis minéral

« Ton amour est dans ma chair, comme le roseau dans les bras du vent. » Avec ce fragment d'un poème égyptien comme viatique, le voyage commence par une longue route en 4X4 qui mène le groupe de douze personnes jusqu'à l'oasis de Farafra, d'où doit partir la randonnée de cinq jours avec assistance chamelière dans le désert blanc. Deux véhicules militaires, à l'avant et à l'arrière du convoi, lui font escorte, c'est devenu la règle depuis le massacre de Luqsor. Les huit soldats vêtus de noir, souriants et débonnaires, très jeunes, brandissent des kalachnikovs obsolètes, on se croirait à l'opéra. Tu as entraîné Marie-Anne dans cette aventure malgré ses réticences relatives aux conditions de bivouac, non qu'elle soit chichiteuse, mais elle est très sourcilleuse en matière d'hygiène. Le guide local, profil d'aigle, keffié impeccable, voix douce, port de prince, précise entre autres choses les modalités de distribution de l'eau : à chacun sa ration quotidienne pour boire et se laver. Le désert blanc est un enchantement permanent; tu désirais ardemment t'y immerger, ne fût-ce que quelques jours, avant que tes yeux ne te trahissent. Escarpements de vertige, sable troué de grandes nappes calcaires, châteaux et cathédrales sculptés par les vents, fragments de gravures rupestres représentant des animaux disparus depuis longtemps, éléphants, girafes, bouquetins... Le sable s'infiltre partout, appareils photographiques, duvets, bouches, recoins intimes. C'est ainsi que le troisième soir, où la quantité d'eau attribuée à chacun est réduite, Marie-Anne se croyant atteinte d'une vaginite des sables, se met à pester, que diable êtes-vous venus faire dans cette galère ? Tu as beau lui offrir une partie de ton eau, elle ne décolère pas : elle te tance, te morigène, t'engueule quoi ! Mais le prince du désert, alerté par ces éclats de voix malséants, s'approche, s'enquiert, rassure ; il lui apporte un bidon supplémentaire : elle se fait biche aux yeux de gazelle. Chaque jour vous traversez des rangées de rochers fantomatiques en forme de champignons géants assis sur des socles noirs, gardiens impassibles de vestiges encore enfouis. Comme un don des dieux d'antan, minuscule point perdu au milieu des dunes et des cerbères figés dans la craie blanche, une source jaillie des sables donne naissance à un bouquet d'arbres : la vie, discrète, laisse toute liberté au paroxysme minéral. La nuit, humidité nulle, pierres irradiant leur blancheur, voie lactée si dense, si proche, rêveries métaphysiques ; le blanc éclipse la nuit. Froid sec à l'aube, un silence d'outre-monde, les statues de craie prennent des teintes fuchsia ; un paradis selon Kubrick.

Tu connais parfois des pulsions d'ascétisme, tu diètes, une belle tomate, des pelures d'oignons, huile d'olive, vinaigre balsamique, sel et poivre, avec en prime, quand ça ne manque pas à la maison, quelques olives noires amères. Ça te convient, tu n'as pas faim. Coup d'pot que ton voisin italien t'apporte de somptueuses tomates charnues et parfumées, car tu détestes toutes les autres, mûries à la paille humide, dures de cœur et de peau, pépineuses à vomir, de quelque éventaire qu'elles viennent ; sans ces pommes d'amour providentielles tu n'aurais rien mangé, c'eût été cocasse, ça t'aurait rappelé, mises à part les rasades de rosé frais nécessaires à la survie en été, ta grève de la faim d'une semaine pour défendre une cause juste, eau sucrée de rigueur. Comme dessert, il faut toujours un dessert chez les franchouillards, des pruneaux d'Agen, c'est un must incontournable de la gastronomie hexagonale. Pourquoi des pruneaux ? Parce que tu n'aimes pas les pêches et n'as plus envie de yaourts au goût bulgare, si grecs soient-ils ; des pruneaux donc, et puis, à ce qu'il paraît, ils font chier, tu as appris cela sur le tard au cours d'une randonnée en Islande, tu avais un problème de transit, comme on susurre à la télé en souriant chafouin ; alors l'accompagnatrice, bonne fille, se mua en secouriste et lâcha sur un ton d'instit, « je vais te donner quelques pruneaux », et tu connus la délivrance parmi un chaos de mâchefer.

Marie-Anne

De nos jours, sophistication extrême, on assassine à coups de téléphone, la victime désignée n'a aucune chance, elle ne peut qu'encaisser. Marie-Anne t'apprend d'une voie enjouée qu'elle part le lendemain pour Amsterdam, destination qui figure pourtant dans vos projets de voyage, « il faut que chacun garde son indépendance et sa liberté », argument incontournable, « c'est comme ça » ; malgré le miel de sa voix la tienne s'enroue, s'étrangle, s'éteint, l'exquise courtoisie du ton ne parvient pas à masquer le coup de vache ; ta main libre esquisse un mouvement, comme pour dessiner une ébauche de protestation, mais elle toupine dans le vide, tu n'as personne en face, rien que ce machin noir collé à l'oreille. Cette révélation imprévisible t'assomme, la main orpheline est prise d'une tremblote qui ferait croire à un début de gâtisme, un rictus d'incompréhension douloureuse te cimente la gueule. Il faut réagir, se battre, claironnent les stratèges en chambre, mais contre qui ? Autrefois, dieu miséricordieux servait d'exutoire idéal : qu'on invectivât ou qu'on criât grâce, on déchargeait sa bile à l'envi ; il se pouvait que devant une grande souffrance une microtache de compassion obscurcît la rétine de dieu ; aujourd'hui la raison oblige à constater que dieu est sourd et que la misère des hommes ne le concerne pas ; comment de surcroît nouer un dialogue avec un muet ? Qui oserait soutenir en effet que les tripotées d'âneries qui enflent les prétendus livres saints, où tout est dit et son contraire, soient paroles divines ? Il n'y a que les obscurantistes de toute obédience pour feindre de le croire à seule fin d'accroître leur domination sur les imbéciles qui s'obstinent à leur obéir. Elle, cultivée, intelligente, curieuse de tout, désirable, vous veniez d'unir vos solitudes pour tutoyer l'ailleurs ensemble. Allais-tu la perdre quand l'entente et la complicité entre vous connaissaient un progrès tangible, quand l'intimité partagée promettait une relation harmonieuse ? Tu l'as vinaigre aux tripes. Le printemps rit alentour, il ignore qu'un bougre là a mal, mais il a des excuses : étranger aux soubresauts des marionnettes humaines, il crée, il réinvente la vie. La nature se dilate, s'épanouit, ton âme se rétracte, se délite. Dans ton jardin les tilleuls commencent à feuillir, les rosiers à rosir, les émois à moisir, et l'amour à mourir ?

Soudain l'apocalypse ! Les centres névralgiques de la plus puissante nation du monde, réputée invincible, frappés en pleins cœurs, le temple de l'argent et le sanctuaire de la guerre. Stupeur universelle, effroi, en proportion de ce qui paraissait inconcevable ! Alors débondez, exhibez votre commisération ! Mais pourquoi y aurait-il des morts plus importants que d'autres ? On déverse en cascades des mots éculés, on vaticine à qui mieux mieux. Bien mal, dieu satan, mort vif, guerre sainte, croisade, justice sans limites…, même logorrhée débile, mêmes rodomontades d'un autre âge. L'ordre du monde est menacé ? Tu t'en tapes. Qu'est-ce que cet ordre fondé sur l'injustice ? À quelque chose malheur est bon ? Le bon serait la liquidation du régime des talibans à condition que les populations afghanes, déjà au seuil du désastre humanitaire, après avoir été tyrannisées par l'obscurantisme le plus rétrograde soient épargnées, et de la part des Américains un examen de conscience qui les rende moins cyniques et plus solidaires des pays pauvres.

D'où vient que cet homme (cet homme c'est toi, pastiche oblige) qui ce matin était si accablé de tristesse pour la crainte que son aventure galante ne tourne court à peine éclose, n'y pense plus maintenant ? Ne vous en étonnez point ; il vient d'apprendre une excellente nouvelle : le grand rodomont s'attaque aux paradis fiscaux qui permettent aux extrémistes de financer leurs menées meurtrières. Il n'en faut pas davantage. Le voilà tout ragaillardi à l'idée que le nerf du terrorisme va être tranché. Il se met même à rêver à un dessein plus grandiose encore, un monde où les spéculateurs, les trafiquants, les mafieux, les affairistes, les terroristes et leurs clones masqués seraient mis hors d'état de prospérer et de nuire par le gel de leurs avoirs. Banquiers, vos papiers ! Un délit de faciès bien sympathique ; « Joie, pleurs de joie ! » Rebonjour tristesse : le divertissement manquait de pouvoir anesthésiant, te revoilà chagrin et malheureux, car tu sais que les « grands » ne transgresseront jamais le dogme de la libre circulation des capitaux, par quoi ils s'enrichissent ; touchez pas aux flux financiers, tabou ! Tu n'es pas dupe des gesticulations théâtrales des présidents et assimilés, ce n'est que poudre de perlimpinpin destinée à mystifier les patrouillotes trop prompts à les croire, vile piperie, pipeau, rectifierait un adepte du langage familier, même étymologie, même finalité, une arnaque de plus pour attraper les gogos ; vos dirigeants sont les as du palper-rouler en vogue chez les intoxiqués des crèmes amincissantes ; ils vous roulent d'abord et palpent ensuite, vous baverez même de reconnaissance à picorer les miettes qu'ils auront bien voulu vous accorder, car vous aurez maigri de quelques kilos. Tu hais les maîtres de la manipulation qui s'ingénient périodiquement à monter des pantalonnades solennelles à seule fin de vous abuser et maintenir en joug. Que fait d'autre, dans le registre mystico-farcesque, le saint-pitre exhibant une panoplie de pauvres et d'éclopés à chacun de ses shows ? Quand il est en forme, il leur lave les pieds « quel homme, quel homme ! » Sa phraséologie mysticarde et son marmottement sénile fascinent les foules, ça marche, les croyants croient que le vieux roublard a des accointances avec dieu, hoquettent d'attendrissement, se prosternent ; à l'âge de fer les hommes étaient autrement testiculeux.

Marie-Anne

Tu aimes la voix de Marie-Anne, douce et chantante ; l'entendre au téléphone agit sur toi comme une substance puissamment roborative, une sorte de pot belge pour oreilles sensibles, mais parfois, à cause d'un rien, un malentendu, une remarque blessante, intentionnelle ou non ça tue pareil, une inflexion glaciale ou l'annonce d'une rencontre différée, tu ressombres dans le doute et la désespérance âcre : certains soirs tu préférerais qu'elle n'appelle pas pour n'avoir pas à subir une avanie de cette sorte, au lieu que d'autres, déglingué d'espoir et d'impatience, dès vingt heures, alors que tu pourrais raisonnablement attendre jusqu'à vingt et une heures, tu rauques comme avec une lame de rasoir entre les dents, « c'est râpé pour aujourd'hui, à demain, chère amie ». Car demain est un autre jour. Oh, l'admirable truisme ! Quel abîme de clairvoyance ! Tu ignores qui, le premier, a dégluti cette tautologie exemplaire, dont se gargarisent à langueur d'ondes les animateurs branchés, les philosophes mondains et les pros de la langue de bois ; il n'importe, les radioteurs et leurs conviés ne brassent que molécules de bran. Et toi, pigeonné de première, tu n'aspires qu'à roucouler ta tendresse aux lèvres du cher ange.

Tu te sens bien dans ta peau, tu as bu, les lignes abruptes de la difficulté à vivre s'arrondissent, te voilà imbibé de tolérance, il s'en faut même de peu que tu ne pardonnes aux oies blanches qui gobent sans discernement, assurance posthume oblige, les homélies baveuses de qui vous savez ; le breuvage quasi divin du château Sarabot, puisque tes moyens de retraité de l'Éducation Nationale t'interdisent de goûter au nectar de chez Eyquem, éponyme du plus lumineux professeur de lucidité qu'il te soit donné de fréquenter, dont l'analyse de l'humaine condition reste un modèle de pertinence et la prose « à sauts et à gambades » un idéal de concision et de séduction, se révèle un philtre efficace pour t'inspirer la joie de vivre et l'amour du prochain ; il semblerait même que tu viennes ce soir de franchir un palier, tu es visité par la grâce ; encore un degré dans l'échelle de la spiritualité et tu accèdes à l'ordre de la charité. Pour le coup Pascal, qui détestait les hommes pour n'être pas des saints, te rangerait volontiers parmi ses disciples, à condition néanmoins qu'il soit devenu moins rétif à l'amitié : il sait quelle admiration tu lui voues pour sa clairvoyance sublime. À travers les brumes de ton éden éthylique, maintenant tu regardes Marie-Anne, tout experte qu'elle soit à ses heures en foucades et en mots dévastateurs, jusqu'à te coller parfois le sentiment de n'être qu'un point imperceptible de son horizon d'attente, avec une indulgence mâtinée de tendresse.

On demande toujours à être aimé mieux, plus, autrement… d'où vient-ce ? On ignore naïvement que ce que la nature humaine est capable de fournir reste bien en deçà de ce que l'esprit peut concevoir, mais à force, de déboire en déboire, on se fait une raison, parce qu'il s'agit de vivre et non de rêver. Alors on respire à fond l'air du temps, saturé de pragmatisme et d'égoïsme tranquilles, qui propose en guise d'odyssée amoureuse le scénario éprouvé de la cristallisation à rebours : encore faut-il la jouer profil bas : on commence par tout faire pour plaire, puis on tâche à ne pas déplaire, bientôt on ne fait plus rien pour plaire, enfin on ne fait plus rien pour ne pas déplaire ; on déplaît alors, exit l'ex-énamouré, tragi-comédie en cinq actes avec un dénouement noir, du Racine d'alcôve petite bourgeoise. Jusqu'ici tu hésitais entre déserter une fois pour toutes les allées fleuries du rêve ou emprunter les sentiers insipides du réalisme, où s'échouent les existences résignées au désert amoureux. Cette dernière perspective, pour peu enthousiasmante qu'elle soit, ne manque pas d'attrait, car, lorsque sous l'effet d'un pragmatisme de bon aloi les spasmes de l'espoir et de l'attente se sont enfin assoupis, on ne souffre plus. Désormais tu ne balances plus, parce que deux êtres, ayant un tempérament, une expérience et une vision du monde radicalement dissemblables, viennent d'intercéder pour toi, Pascal par son zèle à marteler la misère et le néant de l'homme, Marie-Anne à cause de sa frilosité à aimer; ils t'ont donné à leur insu la suprême leçon de vie, le seul moyen de rendre la vie supportable est de se foutre de tout.

Marie-Anne

Avec la dame de tes pensées, celle que tu as désirée, courtisée, choyée, fleurie de mots et de roses rouges, dont le corps t'offre sans chicherie avec ses creux et ses arrondis odorants des voluptueux coussins où écraser tes lèvres et enfouir ta tête, blanc clavier pianoté avec ferveur, do, ré, mi, fa…, ventre, cul, chatte, yeux, tu es aujourd'hui loin du conte qui te ferait rêver; mais tu n'as pas laissé s'établir la grimace désenchantée qui commençait à t'enlaidir, tu t'es ressaisi promptement pour t'immerger dans la ouate rassurante du conformisme ambiant, que tu as résumé un jour d'une phrase lapidaire à la tonalité pascalienne : « avec vous il y a du plaisir, sans vous il n'y a pas de déplaisir »; tu signifiais par là à Marie-Anne que tu n'étais pas dupe de l'illusion sentimentale, quoi que ne laisse pas de murmurer aux opiniâtres chemineaux du Graal d'amour, comme toi, ancrée dans les cœurs depuis des siècles, la survivance du credo judéo-chrétien qui associe résolument les sentiments à la pantomime sexuelle. Possible, mais ce qui est sûr, tangible et solide, c'est ceci : pour survivre, pour exalter son moi, il faut de toute nécessité, en se débarrassant des rêveries qui engendrent de cuisantes déceptions, mordre, pétrir, lécher, pénétrer un corps ; dans un grand lit oint d'huile essentielle, sur une table de cuisine ou un matelas de fougères, il n'importe, pourvu qu'on besogne d'outre en outre ; un visage de femme ne contient pas l'ailleurs qu'on s'évertue à poursuivre toute sa vie, vainement, l'urgence est d'étreindre, ici et maintenant, sans chercher autre chose que l'instant à jouir.

Baudelaire rêvait d'une Chine occidentale ; ton orient de substitution frémit et s'enfièvre dans ton environnement immédiat : les livres de voyages, les tableaux de sous-maîtres, les bronzes chinois, les ivoires japonais… sont tes tremplins familiers pour des rêves sans frontières. Quoi qu'il en soit, si cela peut rassurer les nostalgiques du romantisme, tu es intimement convaincu que le sentiment n'est jamais complètement absent de l'œuvre de chair ; l'entremêlement (le terme est quand même plus délicat que le patrouillis cher à Cyrano de Bergerac) le plus rudimentaire comporte, par ce qu'il ressuscite de soif inassouvie et de bonheurs entrevus, quelque chose de spirituel, de quoi creuser une exigence nouvelle, réveiller le goût de vivre, d'aimer ; il y a plus de spiritualité dans un cul qui tangue comme une lune ivre que dans une ode de P. Claudel. Candidats à la survie, souquez ferme !

La virée tropézienne

Il y a encore quelques places sur le parking de Saint-Tropez, près de l'immense velum qui abrite le salon des antiquaires ; ravi d'avoir surmonté ta paresse en te faisant violence ce matin pour venir jusqu'ici, tu te sens plein d'allant et gaillard avec l'espoir de dénicher l'objet rare pour Marie-Anne ou pour toi ; mais au moment de mettre en branle la machine, une douleur au cou, due vraisemblablement au courant d'air que tu as laissé circuler pendant le trajet pour chasser l'odeur d'essence qui pollue l'habitacle depuis quelques jours, inflige un premier bémol à ta bonne humeur. Tu souris néanmoins à la tiédeur du soleil automnal et décides de faire un tour sur le port, à l'abri duquel mouillent d'énormes verrues flottantes où se vautrent encore les milliardaires et les parvenus de troisième ordre ; mais sur ce parcours obligé des touristes pressés tu reçois un deuxième coup de semonce, au cœur cette fois, parce que ce lieu ravive un souvenir douloureux, assez ancien. Tu te présentes à onze heures pile devant l'entrée, c'est trop tôt : de fait les diverses catégories de préposés effectuent avec lenteur et un brin de condescendance les opérations nécessaires à l'ouverture, comme pour signifier que sur les scènes fortunées de la vie mondaine il est vulgaire de paraître avant midi ; cette coutume t'arrange plutôt, car dans la maigre foule agglutinée il n'y a nulle apparence de minets, de notables, ni de tarés issus de la « haute ».

Ta main gauche semble aimantée par ton crâne, qui a tendance à s'incliner.

Fringant malgré les premiers symptômes d'une céphalée prévisible, tu évolues sans encombre au milieu des stands, laissant tes yeux fatigués s'accrocher où beau leur apparaît parmi les multiples trésors exposés, porcelaines, céramiques, tableaux, bronzes, bijoux, petits meubles… Comme à l'ordinaire dans ce genre d'exercice tu es vite écartelé entre la convoitise et la retenue ; le désir de rapporter, outre ce qui pourrait te charmer personnellement, quelque chose à Marie-Anne t'aiguillonne, mais son corollaire tyrannique, l'hésitation, te paralyse à cause des prix le plus souvent prohibitifs, sans oublier que son absence, pour un esprit naturellement enclin au doute, rend toute décision encore plus malaisée : tu t'abstiens alors et en éprouves un âcre sentiment de frustration et de découragement.

Le tic de la main gauche s'accélère.

Voilà cinq bonnes minutes que tu tournes autour d'un pavillon à la décoration particulièrement soignée, où une vingtaine de tableaux aguichent les amateurs, tu balances, ne te décides pas à entrer ; lassitude, désenchantement ? Prudence prémonitoire plutôt, car malgré tes airs de rustre tu n'es pas dépourvu de finesse. Tu franchis le Rubicon, bonheur immédiat, chaque mouvement de tête, moins précautionneux, s'accompagne d'un frisson d'admiration, séisme de force sept sur l'échelle de Herrmann, tu fièvres, l'exaltation est au zénith ; coup de foudre pour l'un d'entre eux : un examen attentif dévoile le nom du peintre, inconnu de toi… mais la mention qui suit, école belgo-flamande du XVIIe siècle, t'administre une sacrée douche froide. Il n'importe, quand tu aimes, tu ne te connais plus, tu te métamorphoses en héros stendhalien ; planté devant le paysage aux couleurs tendres et soutenues à la fois, tu fermes les yeux pour les rouvrir sous sa lumière, qui te pénètre comme une caresse ; tu romps brusquement le charme et demandes le prix à la dame qui malgré ta calvitie, ta mise correcte et tes lunettes d'intellectuel est restée assise à son bureau sans même te regarder, te prenant sans doute pour un bouseux, quel tableau, celui-ci, attendez, je vais voir, deux cent quarante mille francs. Bien qu'ayant immédiatement saisi l'exorbitance du coût, tu n'écarquilles pas les yeux, ne bronches pas, on a sa fierté, et désignes le plus petit, cent vingt mille francs, fut la réponse et tu t'en fus sans un mot pour la rombière, vexé et humilié. Bientôt treize heures, c'est l'heure calamiteuse où s'exhibent, par vagues successives, traînant après soi des tombereaux d'odeurs et des bancs de gigolos, les riches bourgeoises, chargées de suffisance et de pendeloques criardes ; au secours, ça va empester la graisse fondue !

La main sur le front dégarni a des gestes d'oiseau en cage.

Il faut quitter la place sur-le-champ, mais soucieux d'éviter que ton équipée tropézienne ne se mue en déroute, tu te diriges fièrement vers un stand où tu as repéré quelques bibelots en verre de jolie facture ; c'est à peine si tu ralentis devant les toiles d'un peintre catalan contemporain, J. Hidalgo, remarqué tout à l'heure avec émotion et intérêt, le ressort est brisé, et comment savoir ce que Marie-Anne en penserait ? Tu jettes ton dévolu sur un petit vase torsadé à col étroit, jaune paille, qui te rappelle l'escalier hélicoïdal du palais Contarini, rapprochement hardi en ce que ni la forme ni la couleur ne correspondent, « un authentique Murano fin XIXe, je n'en veux pour preuve que ce léger dépôt grisâtre, vous voyez au fond et là encore, accroché au flanc de cette volute ». C'est maintenant que la leçon de Roland va porter ses fruits : tu déploies ton art très récent du marchandage et obtiens une réduction, avec en prime une broche en fer, qui aurait été dans ton rêve d'archéologue une fibule en or blanc. La jubilation d'avoir gagné de l'argent en payant moins cher une verroterie inutile tempère un instant ton accablement ; c'est merveille comme les hommes se laissent volontiers duper par le premier leurre venu, quand ils y trouvent leur compte et même en cette occurrence leur mécompte, car tu sais pertinemment qu'en dépit de la ristourne tu es dûment truandé. L'important pour le moral était que tu ne reviennes pas gros-jean complet : se prévaloir d'un Murano comme trophée, c'est nettement plus glorieux que de rentrer bredouille, à l'instar du nemrod bravache qui n'ayant pas assassiné avec son tromblon le moindre soupçon de volatile tente d'exorciser sa honte en rapportant piteusement une pleine musette de champignons à bobonne qui lui lance un cinglant « c'est super, mon chéri, j'ai acheté le lapin ! » Chacun s'arrange du mieux qu'il peut avec son néant.

La main gauche est maintenant rivée au front.

Malaise général, fatigue, l'étau aux tempes actionne le turbo, le torticolis gauchit ton allure ; saturé de relents de sueur et de caquetages distingués, tu décampes, fends le flot de grimaces aussi vite que le permettent tes jambes rudoyées par la calamine rhumatismale, rentres chez toi, humilié, défait et ulcéré, jurant que tu ne t'y reprendrais plus.

Quand un tennisman connu de ses pairs pour être un adepte inconditionnel du jeu de fond de court décide, pour surprendre son adversaire, de forcer sa nature en s'aventurant au filet, s'il se fait crucifier trois ou quatre fois d'affilée en essuyant la totale, passing croisé, revers long de ligne et lob, gagez qu'il campera sur sa ligne de fond jusqu'à la fin de la partie pour rendosser sagement sa peau de crocodile-renvoyeur qu'il n'aurait jamais dû quitter, de même le feu nourri de claques à l'odorat, à l'âme et à l'orgueil essuyé aujourd'hui ne t'incitera guère à contrarier ton nouveau naturel : hormis les escapades en compagnie de Marie-Anne, tu resteras désormais terré ici, dans cette maison, où tu te sens bien.

La tentation est grande d'obtempérer et de t'en tenir là, ne plus bouger : cette virée t'a laissé meurtri et désemparé, corps flasque, criblé d'algies rampantes comme si on t'avait roué de coups, avec aux yeux, persistant, le picotement caractéristique du bord des larmes ; mous, tes testicules, pour l'oreille « molles », accolé à ce vocable charnu, aurait ta préférence, n'en déplaise au petit Robert, mais trop couard, tu n'oses pas, quarante ans de soumission à l'orthodoxie grammaticale ne forgent pas une âme de rebelle en écriture ; pire, consacrer sa vie à dépoussiérer les vieux textes, ça vous tisse un suaire d'académisme imperméable à la fantaisie ; garde-toi de te montrer péremptoire pourtant, de la nuance avant toute chose, car les textes anciens ne sont pas aussi ringards qu'il y peut paraître, beaucoup même rayonnent d'actualité ; jusqu'à la publicité qui s'en empare et les prostitue. Prométhée, Jason, Héraclès, Œdipe, Icare, Orphée, Ulysse… vous connaissez le rôle que chacun d'entre eux continue de tenir dans l'expression de la pensée humaine. Les principaux acteurs de la mythologie nourrissent l'imaginaire contemporain ; les mythes inventés par Homère et ses aèdes servent de toile de fond et de trame aux romans d'aujourd'hui, mêmes histoires, mêmes épreuves, mêmes passions ; Achille est la première créature bionique, humaine par son talon. Tu arpentes les rues comme une ombre en peine, ta dégaine de naufragé de l'idéal ne suscite qu'une curiosité fugitive et les zombis qui hantent les quais, les porches, les ruelles et les bars avec leur mine d'un autre monde ne t'accostent pas pour te saluer comme un frère, car tu dégages dans ton sillage une odeur si délétère qu'ils te prennent pour un rescapé de la cour des miracles, peut-être même pour le sinistre nocher ; tu souffres, pour un rien tu pleures silencieusement, tu veux mourir, le père Égée, compatissant, t'invite à le rejoindre.

Le voyage à Santorin

Le meltémi, invention diabolique des dieux dans leur cruelle vindicte contre les hommes, balaie et burine tout sur son passage, un vent brutal qui se rue sur la mer et retombe avec la même soudaineté : le ciel redevient pur, la mer lisse, l'air serein. Les pêcheurs embarquent sans tarder, sachant qu'ils ne disposent que de quelques heures de bonace. Thira, la petite capitale de Santorin, haut perchée au sommet d'une falaise à donner le vertige vue d'en bas, est comparée dans certains guides à un nid d'aigle. Le nid est toujours là, somptueux entrelacement de maisons éclatantes de blancheur, cliché, accrochées à l'ocre sombre, mais que sont les aigles devenus ? Des mouches, des sauterelles, des corbeaux que les ferries déversent chaque jour en nuées jacassières. Si le volcan a façonné l'île au fil des millénaires, il l'a aussi disloquée lors de l'éruption de mille cinq cent avant J.-C., provoquant l'effondrement de la partie centrale pour sculpter le croissant qu'elle est aujourd'hui ; depuis Platon les pédants spéculent à l'envi sur le mythe de l'Atlantide. Pour accéder au site archéologique d'Akrotiri, à l'extrémité de l'île, on traverse une campagne aride s'infléchissant en pente douce jusqu'à la côte est qui ferait presque oublier les convulsions volcaniques, n'étaient les scories de lave, la terre sablonneuse, uniformément grise, et les ceps maigrichons qui laissent les grappes fripées, trop lourdes pour eux, s'alanguir sur la caillasse. Site émouvant et excitant, surtout parce que les fresques, reproduites un peu partout, aujourd'hui exposées au musée d'Athènes, détail que Marie-Anne, tu ne la prendras jamais en flagrant délit d'improvisation dans ses rencontres culturelles, n'ignorait pas, vous préservant par là de la frustration assassine qui cloue au sol pendant des heures l'amateur averti venu parfois du bout du monde admirer un chef-d'œuvre dont il se voit catastrophiquement privé, présentent une ressemblance saisissante avec celles du palais de Knossos. Marie-Anne désirant s'attarder dans la maison des Jarres, que vous aviez négligée, tu prends les devants afin de vérifier l'horaire des cars ; tu croises un troupeau de touristes et, en queue de peloton, une énormité de bouille et de châssis suant des cataractes de graisse fondue qui, appréhendant visiblement le long couloir vibrant de soleil qui la sépare de l'ombre du hangar, et soucieuse de savoir si ça vaut la peine, t'interpelle « is it fun ? » Interloqué par l'incongruité du terme, tu marques un temps d'arrêt, mais n'écoutant que ton aménité naturelle tu réponds : « yes, it's stupendous, very lovely », et avec le même sourire d'encouragement complice tu ajoutes, quasi assuré qu'elle n'y entendra goutte : « vas-y, grosse vache (n'est pas Io qui veut), tu ne seras pas déçue du voyage, tu vas salement mouiller » ; elle te remercie pour ta courtoisie.

Vous êtes agréablement installés à une table placée contre la balustrade, rien n'entrave la vue exceptionnelle sur la caldeira trois cents mètres plus bas, avec au centre un îlot noir, diamant brut qui crache ça et là des fumerolles ; la conversation suit un cours paisible quand entre le tzatziki et la moussaka un désaccord à propos d'un problème d'arithmétique élémentaire dresse un mur entre vous : quel nombre est le plus grand, 2/3 ou 3/5 ? Les affirmations, arguments et dénégations se croisent et s'entrechoquent, les esprits s'échauffent, s'embrouillent si bien que, la communication étant irrémédiablement parasitée par l'obstination de chacun à s'arc-bouter sur la certitude d'avoir raison, le ton monte et la dispute tourne au vinaigre d'une scène de ménage sordide. Et même si le calme revient toujours après la tempête, à l'intérieur ça bout encore : la colère contre soi l'emporte sur le ressentiment à l'égard de l'autre. Malgré une douche chaotique, à cause des coupures d'eau intermittentes (l'eau est acheminée tout l'été depuis le Pirée par des norias de bateaux-citernes), le confort de la chambre avec vue, magnifiée par les toits en terrasse luisant jaune pâle sous la clarté lunaire, beau cliché, qui pourraient figurer les premières marches d'un escalier monumental à la Piranèse descendant jusqu'à la mer, les scintillements d'une mer d'huile, troisième cliché, l'odeur de soufre, l'heureuse surprise, (jusque-là la radio n'avait émis en alternance que des crachouillis et des airs éculés de Théodorakis), de la voix ensorcelante d'Angelica Ionatos, (on dirait les sons voluptés calmes qui s'élèvent du violoncelle de J. du Pré) interprétant Marie des brumes d'après un poème d'Elytis, les effets bénéfiques du rosé local, lava, ont raison de la mauvaise humeur de Marie-Anne dont la silhouette harmonieuse se découpe dans le contre-jour : elle ôte en un éclat de rire gourmand sa chemise de nuit, te tend la main, t'attire vers le lit, se love contre toi ; ses seins frémissent.

Tu te demandes ce qui est préférable : une femme belle, belle comme Angelica Ionatos, Milena, qui t'aime et que tu aimes, avec laquelle tu ne partages absolument rien du tout, ou une femme encore belle, qui a quelque chose de Meryl Streep, avec laquelle tu partages ce qu'il peut y avoir de meilleur dans la moins moche des vies possibles, promenades, sorties, voyages, étreintes, même si côté tendresse, c'est le service minimum. Tu ne la tiens même pas par le plaisir des sens ; certes ta verge, frappée de détumescence épisodique, qui ces jours-là se désagrège en une géométrie du désastre pour ressembler à une endive cuite à l'eau, ne remplit pas toujours son office ni son étui ; mais à force caresses et baisers fervents parmi le dédale enchanté de son corps, fa, yeux, sol, pieds, la, bouche, si, seins… elle connaît quelques érections glorieuses, impuissantes pourtant à creuser son ciel, comme le fait si bien la musique, sa seule passion ; les vieux corps ménopausés ne chanteraient-ils plus ? Épineuse question qui met à la torture le dernier carré de neurones qui te dispute à la décrépitude. Vite, « une saoulée d'vin » ; renaissance du nabot, tu ne prêtes plus attention à la lumière qui habituellement te blesse, tu regardes le monde avec plus d'assurance, te voilà confraternel, tu n'en veux même plus à ce jean-foutre d'avoir fait la sieste auprès de son ami intégriste, dissimulé aux regards des fidèles par un rempart de gorilles ensoutanés, stratagème génial emprunté à Balzac : le clergé local érige une muraille de chair à l'insu de Véronique Graslin, pour étouffer les paroles scandaleuses de la sainte femme qui voulait « confesser publiquement sa honte, à genoux »; c'est pourtant bougrement putain de rendre hommage par cette promiscuité malsaine à ce hors-la-loi hystérique de l'ordre moral; tes yeux maintenant s'embuent de tendresse pour la pécheresse qui a essuyé le visage ensué du Christ.

Jérôme

Sur une table rustique, non dénuée d'élégance dans les arrondis de son piétement, un crucifix, un encrier et un pupitre nain sur lequel se penche, compact, concentré sur la course de son calame, un vieillard, dont la tête est nimbée d'un arc de lumière. Juste au-dessous du motif central de la gravure, un premier plan mobilise le regard, qui s'y attarde nécessairement avant toute velléité de balayage panoramique : occupant la totalité de la partie basse de l'image, un lion endormi, gigantesque, flanqué d'un chien à tête de fennec, lui-même plongé dans un sommeil profond ; que pourrait-il faire d'autre, car avec ces deux-là il doit s'ennuyer ferme ? Saint Jérôme, écrasé par le poids de sa sainteté, l'auréole sied au vieil ermite, travaille d'arrache-cœur à son grand'œuvre, la révision critique de la Bible. La cellule est vaste et bien éclairée, mais simple et dépouillée, absence de marqueterie, de lambris et de tapisseries, austérité conforme au vœu de pauvreté d'un homme d'église ; on est loin de l'intérieur luxueux représenté par le maître vénitien Carpaccio dans son tableau, la Vision de saint Augustin, l'ami de Jérôme, dont l'artiste s'est ici visiblement inspiré : espérait-il donner le change en inversant l'orientation de la scène ? Il en faut plus pour abuser les fins limiers que vous êtes. Dans cet ensemble gravé au noir l'identification des quelques objets qui composent le décor est parfois malaisée : sur le panneau mural du fond, maintenus à l'aide de baguettes sans doute clouées, des documents et des manuscrits ; derrière le saint, comme suspendus au-dessus de sa tête, un sablier de beau calibre, tu aurais préféré une clepsydre, et un immense chapeau de cardinal ; sur l'étagère, des chandeliers, des bougies et des fioles, dont tu aimes à penser que certaines contiennent quelque cordial destiné à raviver les sens émoussés du vieux ; au plafond, accrochée à un support tarabiscoté, une sorte de cucurbitacée géante, qui pourrait faire office de candélabre ; tu doutes. Contre la fenêtre, assez finement ouvragée, un banc garni de livres et de coussins dissimule presque une paire de tongs à semelles de bois, enfin sur le rebord de ladite croisée, là où le regard ne manquera pas de se porter, trône un crâne, qui rappelle que pour un chrétien la vie sur terre ne vaut rien. Un seul détail détonne dans cet intérieur d'anachorète, l'abondance des coussins ; certes l'homme est vieux et ses os fragiles requièrent un peu de moelleux pour les moments de repos ou de… luxure. Ce trait hardi vient de la perplexité où te plonge un « objet » plat en forme de cadre, gribouillé de signes cabalistiques, gisant sur le plancher ; pourquoi cet homme d'ordre et de devoir laisserait-il traîner par terre une gravure ou un tableau ? Ne s'agirait-il pas plutôt d'une trappe donnant accès à un appartement secret, une chambre d'amour par exemple, où se dérouleraient des jeux interdits par les encycliques ? Objection : l'exiguïté de l'ouverture n'autoriserait pas le passage de cet homme corpulent ; qu'importe, si le saint ne peut aller à la femme, la femme peut aller au saint : un corps féminin d'une minceur idoine appartenant à une nonnette maigriotte ou à une servante gracile mandée là pour quelque escapade érotique pourrait s'y faufiler, au nez et à la barbe des cagots qui grenouillent alentour, à condition de ne pas réveiller le lion chargé de veiller sur la vertu de son ami, sinon bonjour le carnage ! Pour étancher la soif d'absolu d'un vieil érudit papiste, il n'est meilleure coupe aux lèvres que le sexe humide d'une femme. Hélas, trêve de poésie ! Une simple loupe permet de lire, entrelacées en une savante calligraphie, rien d'ésotérique en l'occurrence, les initiales de l'artiste, A.D., Albrecht Dürer.

Vin, thé et baise à déraison, c'est ton art de survivre. Avec le temps ton goût s'est dénaturé ; les femmes que tu approches ne sont ni brunes ni blondes ni fines ni douces ni jeunes, comme toi, corps lourds et tavelés, comme le tien, humeur acariâtre, égocentrisme, comme toi. Aimer n'est plus de saison, le rêve s'est fait chair : tout dans la croupe. Un volcan assoupi connaît à son réveil des flamboiements soudains qui ravivent la fièvre tellurique, il faut mordre, étreindre un corps étranger et le sentir vibrer à l'unisson pour oublier le sien, l'amour fou s'est fait amour foutre. Une femme pour survivre, pourvu qu'elle soit encline à faire boutique, baisers sur le front, yeux, cou… basta, ouvrir les cuisses, y plonger la tête, s'enfouir, y brouter tout son soûl, languer d'ahan pour y goûter des saveurs et des senteurs exquises, s'humecter les lèvres de la pisse y stagnant, croiser des relents de merde, ça scelle l'union des corps, par quoi, le temps de la soudure, on échappe au désespoir de se savoir cadenassé à sa condition de pion inessentiel.

Maudit miroir qu'il te faudra briser un jour, s'il persiste à te saloper le moral en te renvoyant une image qui n'est pas la tienne ! Tu te mets à ressembler à ton père, à ton frère, tu ne te ressembles plus. Dure leçon, il faut très peu de chose pour travestir un être humain : un rien de bouffissure aux endroits stratégiques du visage, quelle qu'en soit la cause, souci ou cortisone, un quark de veulerie aux commissures, un léger affaissement des épaules, une calvitie naissante, des yeux en voie d'extinction, une crispation générale sous le fouet de l'abjection du monde…, les expressions plus ou moins pittoresques ne manqueraient pas, tu pourrais en faire des tonnes pour détailler les altérations imparables, si ténues soient-elles, qui chamboulent un visage et te font bégayer aux heures fatidiques de la confrontation, « ce n'est plus moi ». Assurément tu as changé, le corps n'y est plus.

La mort de la théière

Hier, pris vraisemblablement d'un accès d'ébriété amoureuse, tu as cassé ta théière lors d'un thé galant avec Marie-Anne ; il n'y a pas de quoi railler, tu y tenais beaucoup ; en outre l'accident est arrivé à cause d'une maladresse qui ne t'est pas coutumière ; serait-ce que l'œuvre de chair désormais t'épuise ? Le corps décidément n'y est plus. Tu es de ceux qui s'attachent aux objets, comme tout le monde, à l'exception de Marie-Anne, qui ne se connaît nulle disposition de la sorte, aux objets naturellement qui sont associés à un événement marquant de ta vie, des photos, témoins dérisoires d'amours en allées, des livres que tu feuillettes avec gratitude pour t'avoir procuré un divertissement salutaire, enrichi ton imaginaire, ouvert des horizons intellectuels insoupçonnés, des tableaux qui te rappellent le frisson du premier face à face, des bronzes et des ivoires que tu aimes à toucher en fermant les yeux pour en reconnaître les reliefs savants et raffinés, des souvenirs de voyages qui te transportent au gré des regards sur le Campo Santa Margharita, les rives du Nil, ailleurs... Au diable les banalités, à poursuivre plus avant tu risquerais de battre le record de platitudes au décimètre carré détenu par dormesson et dutourd. Tu appréciais, outre son origine, sa rusticité et son inachèvement volontaire, coquetterie suprême de l'artisan, qui en disséminant sur le ventre vernissé des zones de glaise brute et en modelant sur le couvercle des écornures aux saillies rêches, crée une pièce unique. Quinze ans de loyaux services : l'objet, rare et beau, façonné par une artiste qui dans sa boutique modeste de la rue du 3 septembre à Athènes t'avait frappé par sa grâce ombrageuse, avait durant ce long bail subi les assauts habituels de l'existence et récemment une grave blessure au bec, au point que, à bout de souffle, elle dégueulait le thé plus qu'elle ne le versait ; encore fallait-il que le maître du thé lui donnât l'inclinaison juste, au degré près, contrainte qui, obligeant à une concentration accrue, anoblissait le cérémonial, faute de quoi c'était la cataracte. La ruine de cette précieuse théière aurait dû te jeter hors de tes gonds, il n'en fut rien pourtant : sa destruction t'a laissé presque insensible hier, où tu as gardé un sang-froid digne d'Auguste (vous devriez relire Cinna, mais gare au profond ennui que la tragédie distille) ; même absence d'émotion aujourd'hui, une fois rendu à ta solitude de croisière. Comment expliquer cette anomalie ? Hormis les natifs du Verseau, irréductiblement imprévisibles, et les rétifs à toute classification, les êtres de longue pratique vous deviennent lisibles, parfois même transparents ; ainsi, alors qu'au cours de la nuit tu te livrais, en guise de travail de deuil, à une lecture posthume de la théière, le soupçon s'ancra vite en toi qu'elle avait forcé le destin, en se laissant glisser subrepticement tandis que tu avais les yeux occupés à assurer l'équilibre du plateau : ce que tu ne pouvais pas encore formuler en descendant l'escalier les mains encombrées de ses débris et que ton subconscient t'avait fait pourtant confusément entrevoir en t'interdisant au moment fatal des cris de colère et de dépit, qui auraient été indécents en la circonstance et de surcroît dangereux pour toi, parce que tu te serais traité de connard, plutôt deux fois qu'une, c'est ton invective favorite en crise d'autoflagellation, au risque de passer aux yeux de Marie-Anne pour un grossier personnage, s'imprima soudain en clair dans ta caboche incrédule, la théière s'est suicidée. C'est transparent, nul besoin de consulter un quelconque psy-chose pour comprendre pourquoi. Consciente de sa décrépitude elle se doutait de sa disgrâce prochaine, peut-être même, extrapolation hardie qui accréditerait l'allégorie de la caverne, avait-elle surpris certains propos explicites échangés avec Marie-Anne et appris que tu envisageais de la mettre au rancard, tout en l'estimant encore capable de servir. Aussi, n'est-ce pas par désespoir qu'elle a précipité sa fin, mais par amour : elle te libérait du scrupule d'en acquérir une autre de son vivant, qui l'aurait supplantée, soulageait ta conscience en prenant la décision à ta place ; elle t'aimait. Enfin la raison profonde de ton calme olympien à la mort de ta fidèle compagne d'argile est que tu es un homme sous influence : Milena veille sur toi, te conduit patiemment sous son égide vers la sagesse, t'apprend à estimer les choses matérielles pour ce qu'elles sont, futiles et illusoires, t'inspire peu à peu la conviction que la différence est ténue entre le rêve et la réalité. Chien de bonne volonté, tu te bats vaillamment contre les raideurs que le conflit entre le stoïcisme, le désabusement et l'hédonisme développe en toi, tu t'évertues à cultiver le détachement de tout ce qui n'est pas à l'écoute de son message d'amour.

Joyeux anniversaire ! Ces mots ordinaires bruissent de joie, à défaut de convivialité de bon aloi, on ripaille, on rit, on guinche, on braille, c'est la fête, malheur à ceux qui ne parviennent pas à se mettre au diapason, ton lot, tu as toujours ramé pour faire bonne figure. Aujourd'hui tu es seul, tu as mal à Milena, absente comme à n'importe quelle date du calendrier ; son sanctuaire n'a pas connu le faste des célébrations ni la ferveur des croyants ; à peine édifié et consacré, il se meurt, et devenu musée, il ne reçoit aucun visiteur. Les temples égyptiens, comme tous les vestiges des civilisations lointaines, sont chargés d'histoire ; celui de Milena ne peut se prévaloir que d'une histoire subliminale.

Luqsor

Direction Luqsor. Quelques rudes heures de poussière et de cahots, avec la même escorte folklorique, coupées de courtes haltes dans les oasis traversées. Aux abords de l'une d'elle, profitant d'une heure de répit, tu marches dans le désert, tête inclinée vers le sol pour te protéger de l'éclat aveuglant du soleil ; au milieu d'une étendue pierreuse tu ramasses, le cœur battant comme si tu venais de découvrir un gisement archéologique, des cailloux noirs ; certains, ouvragés et polis, pourraient être des morceaux de statue, l'illusion suffit à ton bonheur, que le scepticisme de Marie-Anne ne parvient pas à entamer. Arrivée à Luqsor en pleine nuit : luxe, douche et pleine ventrée de mets variés. Vous ne disposez que de trois jours pour visiter les tombes, les temples, le musée et la ville elle-même ; une semaine n'y suffirait pas, mais tu as choisi ce voyage pour ce qu'il présentait de singulier, l'association d'une randonnée dans le désert et d'une navigation en felouque. La visite des tombes, creusées dans la montagne sur la rive ouest du Nil, puis recouvertes afin d'empêcher des pillages analogues à ceux perpétrés à l'intérieur des pyramides, précaution qui a sans doute évité le pire, est rigoureusement réglementée et contingentée. Des quatre vallées truffées de tombeaux la moins connue est celle des artisans : les ouvriers des divers corps de métiers qui travaillaient aux tombes royales habitaient sur place ; aussi construisaient-ils leurs propres monuments pendant les jours de congé. À tes yeux les fresques qui s'y trouvent comptent sinon parmi les plus élaborées, du moins parmi les plus instructives et les plus émouvantes, parce qu'elles représentent nombre de scènes de la vie quotidienne, préparation des repas, jeux, intimité familiale, semailles, chasse, moissons…, sans le céder en rien, pour la richesse des symboles qui président au passage sur l'autre rive. Dix minutes seulement pour contempler chaque merveille ; tu te places sciemment en queue de peloton avec Marie-Anne ; transe instantanée, tu balances entre le désir de tout regarder en détail et la crainte d'être obligé de courir devant les dernières parois peintes ; le gardien claque des mains comme à la récré, le groupe s'évapore progressivement, mais un billet d'une livre te vaut cinq minutes de rab, assaut réciproque de courbettes. La plus prestigieuse et sans doute la plus somptueuse des tombes, celle de Néfertari, fermée par intermittences (elle le sera sous peu à titre définitif, parce qu'elle est menacée, malgré les vitres protectrices, par les effets délétères de l'haleine et de la transpiration des touristes) vous a été ouverte grâce à l'entregent de l'égyptologue qui parraine le groupe. Éblouissement, ébranlement de force huit malgré les couleurs ternies et les manques. Juste pour mémoire : la reine, robe blanche, ceinture rose, profil sévère, offre aux dieux ici des vases en forme de globes, là des étoffes ; plus loin, hiératique au-dessus du seuil de gravité, elle joue aux échecs (l'au-delà est à l'image de la vie terrestre, en plus souriant et plus serein), à ses côtés deux servantes à la nudité troublante.

Le repas du soir à l'hôtel, corridors-boulevards, plafonds hauts, sanitaires pleurards, miroirs énormes plaqués aux murs, ne mérite aucun commentaire. En revanche à midi le groupe se rend dans un restaurant local, qu'on pourrait qualifier de boui-boui, avec cette différence qu'on y respire un air pur et que l'alcool n'y coule pas à flots ; on y consomme des plats nationaux aux saveurs inédites, mezés et épices variées, légumes inconnus, comme le sabaner qui hésite entre la blette et l'oseille, gâteaux très sucrés ; tu n'apprécies pas ces derniers, le sel est ta marotte. Mais un jour vous êtes tous tombés sur un os, plus justement sur des os habillés d'une chair blanchâtre dégoulinante de graisse : il s'agissait de pigeons quasi crus, que le groupe pour une fois unanime a déclarés immangeables, au risque de se montrer blessant ; Marie-Anne elle-même, véritable parangon de respect pour les coutumes et les usages d'ailleurs, n'a pu avaler qu'une aile. Quant à toi, tu avais pour ton malheur immédiatement associé la chose visqueuse gisant dans ton assiette aux infâmes pigeons de Venise qui fientent sur tout ce qu'ils foulent. Aussi l'écœurement t'avait-il saisi avant même que tu approches tes lèvres ; tu t'es contenté de déposer sur une cuissette gluante un baiser aussi furtif que le baiser au lépreux du Christ.

Te voilà maintenant sur le sentier des douaniers, rebaptisé sentier du littoral pour l'image, qui surplombe la mer au hasard des escarpements. Cœur lourd, corps raide, secouer l'automate est un moyen éprouvé pour décongestionner les circuits. Tu aperçois les hangars de la base aéronavale de Saint-Mandrier ; la côte en face serait belle sans ce chancre de béton et de tôle qui défigure le paysage : la base est presque déserte désormais, quelques bidasses débraillés et désœuvrés s'y cramponnent encore, qui tapent le carton à longueur de journées ; ils s'adonnent aussi à un divertissement de plein air, des séances de tir : ça consiste à trouer des canettes vides alignées sur un parapet ; à chaque impact fusent des rires obscènes, comme dans les westerns des années soixante ; quant à la gradaille, vieille garde nostalgique des convulsions sang et nuit des djebels, au cours desquelles leurs anciens cassaient du « fell » en chantant, ou jeune garde, salonnarde et branchée, rêvant d'une affectation plus lucrative, elle trompe son ennui en s'entraînant entre deux lampées de whisky au tir aux pigeons, exercice plus excitant que de faire des trous dans des cibles immobiles; en grands professionnels ils préfèrent abattre quelque chose qui bouge. Les bidasses ont l'autorisation d'y jouer le week-end comme les gradés mais ces rustres choisissent de se soûler dans les bars et de monter pour tringler les filles à matelots.

Marie-Anne

Tu te souviens de la première promenade avec Marie-Anne sur ce même sentier : tu suffoquais d'espoir, c'était son rire de cristal, qu'éclairait une douce lumière orangée. Elle s'était installée en tête, imprimant un rythme soutenu à la marche : à cause de l'étroitesse du chemin le pas de deux se muait le plus souvent en file indienne, et quand tu parvenais à rester quelques mètres à sa hauteur tu brûlais de poser ta main sur son épaule : la main s'élève jusqu'à mi-course, n'ose pas, retombe inerte. Mais, comme dans les romans le mouchoir ou le châle qui choient au moment propice, un rocher, né de l'urgence de ton désir, t'offre une chance; tu tends la main à Marie-Anne pour l'aider à passer l'obstacle, qu'elle saisit en souriant. Vous êtes assis sur le sable dans une crique minuscule; vous parlez de musique et de cinéma, comme il sied entre gens de bonne compagnie, les épaules se touchent, vous vous racontez avec pudeur et précaution, les silences ne sont pas vides, les corps s'apprivoisent. Tu rêves d'un nouvel amour, qui taillerait une dernière brèche au mur de l'indifférence et de la solitude, sa voix coule sur toi un pourpoint de velours. Tu te prends soudain pour Julien Sorel, faiblesse risible chez un retraité, oui mais là, c'est l'accent aigu qui compte. Si tu ne retiens pas sa main dans la tienne avant de quitter cet endroit, « tu ne monteras pas chez toi pour te brûler la cervelle », mais tu te mépriseras jusqu'à la mort. Or les dieux qui jusqu'ici t'ont été favorables semblent t'abandonner, car alentour il n'y a nulle église, partant nul clocher, rien que la mer, l'île en face et derrière, un parterre de volubilis bleu Matisse et la falaise éboulée ; comment te fixer un délai au-delà duquel tu ne seras plus digne de vivre ? Pataugeant dans une mare de gamberges et de tempêtes à venir, tu n'es pas loin de te résigner à battre en retraite, à ruiner cet espoir, à te connaître pour le dernier des lâches, quand, clignant les paupières à cause de la lumière rasante qui intensifie le miroitement de la mer, tu aperçois au loin un petit voilier ; tu décides alors de prendre la main avant qu'il ne disparaisse derrière le promontoire. La main se laisse prendre sans se rétracter, comme pour se rassurer elle-même en ne trahissant aucune émotion particulière, reste dans la tienne, semble s'y bien sentir. Marie-Anne continuait à s'exprimer sur un ton enjoué ; tu lui étais reconnaissant de te suggérer par là qu'elle trouvait ce geste naturel, ou tout à fait insignifiant ; dans les deux cas elle consentait à ouvrir une brèche. Vous parliez de son compositeur préféré du moment, Arvo Pärt, dont un morceau, Alina, deviendrait par la suite votre sonate à Vinteuil.

Tu es arrivé au bout du sentier, là où il débouche sur un terre-plein élargi, tu ralentis ta course, regardes la mer, scrutes les remous moirés qui ondulent sournoisement quinze à vingt mètres plus bas, ta vue se trouble, la magie de Pärt est loin ; ce vacillement n'est qu'un raté de défaillance, (comme pour mémoire, et pourtant cela parachèverait l'accomplissement du cycle, la raison s'y retrouverait) car à la seule pensée de t'y couler, tu frissonnes et sursautes terrifié, le contact de l'eau froide te hérisse et te paralyse depuis tout p'tit, c'était à la piscine Molitor, Paris XVe, XIVe ou autre, tu n'as pas ton Chaix sous la main, octobre 1946, à cause d'un primate faisant office de maître-nageur ou de moniteur, tu veux farouchement croire que ce kapo n'était pas professeur, sinon quelle gifle à l'âme, car un prof, c'est cultivé, intelligent, ouvert, tu en sais quelque chose, une espèce de crevure en caleçon de bain nostalgique du National-Socialisme qui à la première leçon forçait les enfants à peine déloqués et introduits dans le bassin à rester la tête sous l'eau une minute au moins, et l'ordure t'appuyait dessus en cas de résistance, de quoi dégoûter à vie ses élèves des plaisirs de la baignade, sans doute le faisait-il pour se débarrasser de bon nombre d'entre eux, moins y en a, plus c'est cool, t'en fus : salement traumatisé le petit garçon blond, beau comme l'angelot de la Dolce vita, très aryen, s'il avait pu le rencontrer, le sieur Gobineau, pâmé d'aise, lui aurait voué une reconnaissance indéfectible, pour accréditer de façon si convaincante l'idéologie raciste qu'il développe dans son Essai sur l'inégalité des races, peut-être même lui aurait-il fait l'honneur de le socratiser, gentil tout plein d'ordinaire, se livra à la maison à une séance homérique de bruit et de fureur, si bien que les parents, gênés aux entournures par le ramdam et peu portés sur les exercices physiques qu'ils qualifiaient de gesticulations, cédèrent, tu fus dispensé de piscine et par la suite tu t'es dispensé de tout commerce intime avec les houles, bassine, baignoire, hammam, ça te va, c'est chaud et rassurant. Certes cette aversion pérenne t'a privé des « mâles voluptés », tu n'as jamais sillonné l'immensité profonde, « comme un bon nageur qui se pâme dans l'onde », tant pis, tu dois t'accommoder de ce mécompte, aucune chance de vaincre cette répulsion, raison pourquoi pour le retour aux origines, c'est râpé, une fois pour toutes. Il serait juste, en l'occurrence, que tu rendes grâces aux dieux de t'avoir épargné, par le truchement de la crevure de Molitor, la honte majuscule ; car si, sous prétexte de sceller ton destin au sein originel, tu t'étais précipité au milieu des flots qui marinent dans la rade de Toulon, ville nulle, ville combine, vendue durant des décennies aux promoteurs immobiliers, ville vitrine du désert culturel, ville vermine classée lanterne rouge du bien vivre en France, ville messaline qui s'est prostituée naguère au charme des sirènes de la xénophobie et du racisme, ne pavoisez pas trop vite, la peste brune chemine masquée, ville rapine où tapinent les mafieux de l'ombre, tu aurais inconsidérément converti un noble dessein en crime ignoble, et cette souillure t'aurait valu un châtiment posthume que Sophocle, pourtant expert en calamités humaines, n'aurait pu concevoir. Assurément il y aurait plus de grandeur à choisir, pour te précipiter, le cap Sounion ou, du haut d'un promontoire plus modeste, l'île de Karpathos à l'ombre d'un moulin de pluie, ton vieux fantasme d'helléniste inassouvi, ou encore à défaut, la noyade glauque dans la lagune qui, bien que gorgée de déjections chimiques, te fascine les soirs de spleen presque autant que les multiples trésors artistiques de la ville-opéra.

Augustin

La Scuola di San Giorgio degli Schiavoni, ou plus simplement l'École Dalmate, est un lieu magique qui, grâce à son éloignement relatif échappe aux attroupements de touristes qui partout où ils s'agglutinent ici, se prenant pour des acteurs en représentation, rivalisent de tenues bariolées, gesticulent, parlent haut, s'esclaffent ; on dirait qu'ils sont heureux de se montrer, comme s'ils prétendaient lancer un défi à la Sérénissime et se mesurer à la beauté irréfutable qui s'exalte partout alentour. La modeste chapelle contient un ensemble de tableaux peints par Carpaccio au début du XVIe siècle, communément appelé cycle de saint Georges ; étroitement serrés les uns contre les autres, les trois derniers réunissent les deux amis, Jérôme et Augustin. La Vision de saint Augustin clôt la série ; le titre souligne le rôle primordial que joue ici la lumière, par delà sa fonction inhérente à l'art pictural, puisque la vive clarté qui fixe la scène en une immobilité vibrante annonce à Augustin la mort et la béatitude de son ami Jérôme. Le milieu dépeint, cellule, appartement ou cabinet de travail, est celui d'un intérieur vénitien, confortable et cossu, sinon luxueux ; lambris, plafond à caissons, moulures, mobilier revêtu de cuirs rouge et vert cloutés ne constituent pas l'ordinaire d'un saint homme. Le talent de miniaturiste du peintre et son inspiration flamande révèlent dans un ordonnancement et un réalisme méticuleux une multitude d'objets que magnifie la lumière rasante provenant des fenêtres disposées sur la droite de la composition : crosse et mitre épiscopales, sphère armillaire, sculptures, sablier, chandeliers, une grande statue du Christ, bougeoirs, antiphonaires aux portées lisibles, des livres en quantité impressionnante, alignés sur une étagère ou éparpillés ça et là, certains même posés par terre, un coquillage bien en vue sur le bord de la table… autant d'objets hétéroclites qui dans leur fonction et leur symbolisme associent le sacré et le profane. La partie gauche du tableau, presque vide, si l'on excepte un fauteuil, un prie-dieu et au fond une sorte de placard, ouvert, qui pourrait abriter des souvenirs de jeunesse, consacre l'importance de la lumière, comme traitée pour elle-même ; son jeu subtil avec les avancées de l'ombre sur le sol met en évidence un petit chien blanc ébouriffé, assis dans une attitude d'attente ; il semble pressé d'aller s'ébattre autre part. En tout cas il observe attentivement son maître, comme s'il guettait le moment où il se retournerait vers lui. Mais Augustin, distrait de son travail par le message divin, plume levée, est ailleurs, quitte à provoquer des jappements d'impatience ; il arbore un visage qui ne trahit nullement le bouleversement qu'aurait pu produire la manifestation du surnaturel.

Il y a beau temps qu'il ne bouge plus, comme hypnotisé : il est permis d'imaginer qu'une autre vision, plus concrète celle-ci, s'est superposée puis substituée à la première, qui de toute façon n'encrait rien de tangible sur sa rétine, et l'absorbe maintenant : une élégante silhouette se profilant derrière la croisée ? L'agencement général du tableau laisse planer un mystère ; s'il est incontestable que Carpaccio tente de restituer dans sa soudaineté la vision éblouissante qui appartient au monde spirituel, l'environnement si délicieusement raffiné, suggérant que les jouissances matérielles ne sont pas bannies de la vie d'Augustin, n'invite-t-il pas à une lecture moins hiératique ? Certains détails au symbolisme équivoque, qui peuvent être interprétés comme des clins d'œil du peintre, ne feraient-ils pas allusion aux séductions des plaisirs profanes qui ont tourmenté la vie du saint dans sa quête spirituelle ?

Sur le Nil

Edfou : embarquement pour Assouan. Quatre personnes par felouque, bateau trapu aux flancs très arrondis, avec un grand mât, une voile noire ou blanche, une soute exiguë servant d'abri pour les bagages et de logement aux felouquiers, un plancher sur lequel chacun doit installer son chez-soi autour d'un matelas en mousse, une bâche amovible, nécessaire la nuit à cause de l'humidité. Vous vous retrouvez en compagnie de deux femmes, une psychologue parisienne branchée et une directrice de lycée, que tu nommes la vieille dans ton for intérieur, vu son allure et sa tronche, bien qu'elle soit vraisemblablement plus jeune que toi. Cinq felouques en tout, deux assurant le transport du matériel et des préposés aux tâches variées ; pour l'intendance et la préparation des repas un bateau à moteur, que tu appelleras finement le vaisseau amiral. Quatre jours de croisière consacrés au repos, à l'observation, au silence et à la réflexion. Tu y prends plaisir, Marie-Anne beaucoup moins, car elle ne se sent vivre que dans le mouvement et l'action. La monotonie de la navigation (cinq à six heures par jour) n'est qu'apparente ; mille et un divertissements égayent le glissement lent vers le sud : les pannes périodiques du vieux rafiot, qui ravivent les conversations, quand elles menacent de tarir : dans le tête-à-tête tu frayes volontiers avec la psy, malgré ton aversion instinctive pour cette engeance, et Marie-Anne, dévouée à la cause des femmes, occupe la vieille. Il y a aussi l'observation des rives, fréquentées par quelques espèces d'oiseaux aimant le voisinage des roseaux ; tu es nul en ornithologie, aussi quelle joie naïve à l'apparition d'un héron, tu ne connaissais jusque-là que celui de la fable ; quant à l'oiseau sacré ibis, il a disparu ; de temps à autre une petite maison blanche, annoncée par le ronflement d'un groupe électrogène qui pompe l'eau du fleuve pour les besoins domestiques et les cultures, des rires d'enfants, des pêcheurs, des braiments, des vaches efflanquées. Il y aussi les promenades dans des oasis minuscules, avec palmeraies, bananeraies, jardins potagers…, les arrêts-surprises, sur demande expresse : soudain une felouque barre à gauche, glisse vers la berge, s'arrête ; l'incontinent, penaud, trottine sur plusieurs dizaines de mètres en quête d'une dune ou d'un bosquet propices, les visites inopinées de vestiges archéologiques laissés à l'abandon, qui permettent de découvrir des pans de murs couverts de hiéroglyphes et des mastabas en ruines, les haltes pour les repas pris en commun sur le vaisseau amiral autour d'une vraie table : crudités, poissons invariablement garnis de riz et de légumes, oranges non calibrées et d'aspect peu engageant, à cause des tavelures, d'une succulence à vendre sans atermoiement son droit d'aînesse. Il y a aussi le campement, qui se borne à l'installation de trois tentes marabout équipées d'une douche rudimentaire et de bassines, sur une île, à mi-chemin entre la rive est, séjour des vivants, et la rive ouest, séjour des morts, situation, comme aux heures crépusculaires, qui incite à méditer sur la fragilité de la vie. Les nuits sont belles, chacun a son petit coin de ciel étoilé. Au lever du jour le silence est troué par l'appel à la prière du muezzin; il ne s'agit pas comme dans les grandes villes d'un enregistrement agressif; parfois plusieurs voix s'entremêlent et se chevauchent, tu te souviens de ton fils, incantation lancinante, ioh, ioh, ioh… avec une variante plus sourde, waoh, waoh, waoh…, les seuls sons articulés qu'il ait su moduler. Trois chants légèrement décalés venant de trois villages s'entrecroisent en une cacophonie harmonieuse et rassérénante; la vieille râle, c'est pourtant moins casse-tympans que ses ronflements; dommage que les crocodiles ne hantent plus ces eaux fertiles : vous auriez pu la livrer en pâture aux descendants du divin Sobeck. Marie-Anne, qui a l'exotisme à fleur de peau et la fibre musicale greffée sur le point G, est ravie malgré le réveil intempestif. Il y a aussi les moments d'éternité, c'est arrivé deux fois, moments de grâce absolue où le temps, avec le mouvement, semble s'arrêter : quand le vent mollit trop, les forces contraires se neutralisent, les felouques alors s'immobilisent au milieu du vaste fleuve, le silence s'établit, comme une invite à se mettre à l'écoute des rumeurs inspirées des barques funéraires d'antan. Par vent nul la felouque reculerait, il lui faut se laisser dériver vers la berge et attendre. Il y a aussi…, si tu persistais, le récit de voyage se transformerait en documentaire fastidieux; certains lecteurs ont déjà atteint le seuil de saturation, ils ont déserté, tant pis pour eux, ils vont rater l'événement de l'odyssée, hélas trivial.

Réveil en fanfare, effervescence générale : Paul, de la felouque voisine, ne retrouve plus sa pochette contenant argent, carte de crédit et passeport. Tout le monde cherche, en vain; la croisière ne s'amuse plus. Chacun prend un air de circonstance, en réalité le chacun en question s'en fout : on ne réalise et on ne ressent jamais ce qui accable autrui, même si on a vécu une expérience similaire; la compassion est une imposture : les victimes sont toujours seules. Soupçon immédiat des flics, trognes de sentine, sur les felouquiers, qu'ils accusent de vol, alors qu'ils n'y sont visiblement pour rien; la fouille méthodique des soutes ne donne rien. N'importe qui peut monter à bord à pas de loup, enjamber les gisants endormis et ramasser tout ce qui traîne. Deux felouquiers sont emmenés au poste de police sans ménagement, en compagnie de Paul et de l'accompagnatrice qui parle arabe. Le lendemain matin, elle raconte : longues attentes, palabres, aboiements, interrogatoires musclés, injures, coups; où l'on apprend qu'il n'y a pas que les infidèles que les musulmans traitent de chiens, le vomi religieux n'est qu'un paravent, les policiers brutalisent leurs frères, qui sont des chiens, parce que pauvres et désarmés. Sous toutes les latitudes les gens en uniforme violent le droit; est-ce une malédiction qui pèse sur les hommes, que Rousseau croyait bons par nature? Quiconque détient un pouvoir, ne serait-ce que des miettes, le fait subir à plus bas que soi dans l'échelle sociale : sadisme, tortures, invectives, voilà un bel ustéron-protéron; il n'y a pas de limite à la barbarie. Tu recevras à ton retour un coup de massue sur la tête : dans ce pays on arrête les homosexuels, on les met en cages comme des animaux sauvages, on les exhibe, on les juge sommairement, on les jette en prison; bien plus que l'éventuel danger d'un attentat terroriste, cette honte constituerait une puissante raison de boycotter l'Égypte. Adieu Philae ! Les femmes endossent de plus en plus l'uniforme : deviendront-elles aussi arrogantes et sadiques que les hommes ? Marie-Anne pour l'heure n'a pour tout uniforme qu'une légère chemise de nuit. Tu glisses une main à l'intérieur de son sac de couchage ; ta main emprisonne son sexe, s'y prélasse, les muscles se tendent, la peau vibre, tu remontes avec une lenteur calculée, le ventre ondoie, vers les seins, que tu caresses longuement, fugitif éclat de bonheur vif :

L'un altier, l'autre modeste,
tes seins mignons
enchantent mes paumes.

Les idées noires n'en finissent pas de tisser leur toile dans ta caboche. Tu te vois égaré dans un long tunnel à voies multiples sans petits cailloux à semer pour t'aider à retrouver la sortie ni de fil à dérouler que ton Ariane t'aurait procuré ; tu es maintenant coincé au fond d'une impasse : aborderais-tu la dernière phase de la partie d'échecs engagée avec la créature drapée d'une houppelande noire dont la faux prise d'un tic nerveux s'agite frénétiquement en arcs de cercles de plus en plus rapprochés, comme si elle se délectait à instrumenter le jeu du pendule cher à Edgar Allan ? Une de plus ou une de moins ? Avachi sur une chaise de cuisine tu peines à avaler ton bol de thé thaï, les larmes comme une mécanique emballée perlent aux paupières. À quoi bon une journée de plus, si sous le quintal de fonte qui t'écrase tu dois t'enfoncer jour après jour dans le silence et l'immobilité ? Quelle importance au bout du compte puisque tu n'es rien en proportion de l'univers, tu n'es qu'un micro-milligramme de la farce cosmique ! Plonger dans la mer Égée ou te laisser couler dans la lagune, à l'extrémité du quai des sept martyres, non loin d'une de tes places fétiches où l'herbe fait oublier la pierre noble qui pave toutes les autres, parée néanmoins d'une église majestueuse, San Pietro, et d'un campanile dangereusement oblique, ça aurait de la gueule, des épousailles mystiques pour ainsi dire, un rêve trop grand pour le nain que tu es ; alors d'ingaieté de cœur, tu explores les itinéraires balisés des frères en détresse qui t'ont précédé dans cette mêlée de larves, écrabouillés par la même implosion de tête qui aimante les tempes vers le centre, comme si des mâchoires invisibles les broyaient, et à la fin tu tombes sur Suicide, mode d'emploi, pauvre Pérec, pillé jusque dans ses trouvailles les plus personnelles, rien de plus racoleur que ce catalogue de recettes puant l'esbroufe et la fausse sophistication, avec ça tu es obligé de te rater, tu renonces définitivement et avec une vigueur retrouvée qui réjouirait le cœur des copains, qui viennent te voir ici de plus en plus rarement, et enchanterait tes vrais amis, tous deux maîtres ouvriers des mots, chacun dans sa partie, la poésie et l'herméneutique, tu saisis une dive bouteille pour t'emplir la tête de chants d'oiseaux.

La visiteuse

Voilà qui te remet en mémoire la visite inopinée de ta vieille copine qui se prenant pour une entomologiste avertie pontifia ce jour-là : « c'est bizarre, ça ne vit pas ici, on dirait que ta maison n'est pas habitée ». Encore aurait-il fallu qu'elle allât jusqu'au bout de son observation en précisant combien la maison et toi vous vous ressembliez. Quoi qu'il en soit, Balzac aurait adoré l'osmose entre le logement et son occupant que la remarque suggérait. S'il t'avait connu, il aurait investi avec fougue ta maison, malgré sa banalité, comme laboratoire propice au déploiement de sa technique romanesque, qu'il enrichissait volontiers de ses foucades scientifiques, et aurait rédigé une nouvelle scène de la vie de province : en guise d'ouverture, une longue description, trop longue selon les inconditionnels de la clip-littérature, destinée à illustrer la loi biologique appliquée à la psychosociologie humaine, selon laquelle il y a une nécessaire interaction entre l'organisme vivant et son biotope ; en clair montre-moi ton intérieur, je te dirai qui tu es. Mais le romancier se serait peut-être découragé assez vite car, à l'inverse de la pension Vauquer, qui suinte par tous les pores la crasse, le pourrissement, le grouillement et le piège des ambitions déçues, ta maison est neutre, lisse, inodore, inerte, à l'image d'un homme en congé de vie qui laisse peu de traces et ne secrète qu'un bol infime d'odeurs ; le hasard avait en outre accentué la tendance : tu venais de faire la vaisselle, toutes les soixante-douze heures, article 14 du règlement intérieur, si bien que la cuisine était presque impeccable ; même aubaine susceptible de favoriser la conclusion hâtive de ta copine en ce qui concerne la poussière, qu'un coup de balai récent avait boutée hors les murs ; plus généralement la poussière et toi, vous vous jouez à plaisir la fable du lion malade et du ciron ; tu te déplaces avec circonspection, à cause d'un rhumatisme atypique, mais avec majesté, à mi-chemin entre le ralenti cinématographique censé insuffler l'impression d'irréalité à la transposition onirique et l'allure normale ; quant au ciron-poussière, il ne batifole plus à gauche ni à droite : las de visiter un pays dont il connaît les régions les plus reculées, il reste sagement à sa place, comme un écolier dressé à l'obéissance sous la férule d'une institutrice de CE1. Certes la salle de bains et la chambre présentaient quelques traces de vie propres à attirer le regard : des ombres suspectes sur le carrelage, peut-être même au fond de la baignoire, ce que plus tard Marie-Anne, prompte à la critique, ne manquera pas de te signaler, un froc fraîchement lavé qui attestait l'existence d'un mâle en la demeure, encore que, plaqué au mur et masqué en partie par la sortie de bain, on le pût croire accroché au cintre depuis des mois, comme si la vie s'était soudainement arrêtée : quant à la chambre, hormis le lit défait où se dessinait l'empreinte d'un corps, légère, légère comme celui qui s'y recroqueville chaque nuit, elle ne trahissait aucun signe de désordre, rien qui pût fonder autre chose qu'un ersatz de présence. « Vous oubliez les odeurs », aurait pu objecter Marie-Anne ; bravo, elle aurait failli marquer un point, mais la chambre ne fleurait rien qui suggérât ne fût-ce qu'un soupçon de gymnastique corporelle, et la saison voulait que les fenêtres fussent ouvertes en permanence ; même absence de senteurs nauséabondes dans les autres pièces, nul effluve de graillon ou de pisse de chat, nulle remontée d'égout ; ainsi malgré la récurrence d'un très discret relent de chiottes que seul un nez de parfumeur aurait pu déceler et la fragrance nuits indiennes suspendue moribonde à une écharpe rouge enfouie dans la commode, la maison frisait le degré zéro olfactif. Bref vraiment pas de quoi fouetter une chatte incurieuse.

Marie-Anne

La première journée a été bien remplie, longue balade dans la forêt vosgienne sous un ciel serein. C'est l'été. Au bout de quelques mois de fréquentation, même sporadique, on commence à connaître les gens, rien au-delà pourtant de ce que le comportement et la parole font apparaître, car le labyrinthe intérieur est à jamais verrouillé. Un trait justement te frappe chez Marie-Anne : quels que soient l'endroit et les circonstances, même en vacances, une obsession la taraude, ne pas perdre de temps, de sorte que, c'est à ses yeux la meilleure façon de conjurer cette hantise, elle s'ingénie à faire plusieurs choses en même temps. Vous venez de vous coucher. Elle allume la radio, France-Musique, qui propose l'intégrale des pièces pour piano de Bela Bartok, ouvre un livre, qu'elle aurait pu choisir moins aride pour la détente estivale, l'Emploi du temps, et s'offre aux caresses ; le mariage incongru de ces trois disciplines insensiblement se désagrège : la première activité à pâtir de ce cumul est la lecture : exit Butor, puis après une résistance honorable le cérémonial amoureux baisse les bras, exit l'amant, la musique tient bon, submerge enfin tout son être, ne connaîtrait-elle que des orgasmes musicaux ? L'obsession qui semble commander la vie de Marie-Anne t'est radicalement étrangère ; tu es convaincu au contraire que, quoi qu'on fasse, prendre son temps et n'être qu'à ce qu'on fait sont les seuls moyens de n'en point perdre, à plus forte raison dans une relation amoureuse. Prendre son temps, tout est là, ne pas se laisser flinguer par l'horloge ni distraire par autre chose, prendre le temps de se réapprivoiser l'un l'autre, de rétablir une complicité sans frontières en accomplissant les gestes simples qui deviennent, quand les mots usés et prosaïques suent la platitude, l'expression la plus immédiate de la tendresse, le temps de se redécouvrir, se regarder, se parcourir de la bouche et des mains, s'admirer, le temps d'inventer une nouvelle musique des corps, de créer un halo poétique, « infinis bercements du loisir embaumé », le temps de…, la liste complète est déposée chez un huissier de justice, de transmuer la chair en or, d'aimer, de vivre.

Milena

Le matin, à jeun, la tendance est à la déprime, tu vois le monde tel qu'il est, machine à broyer les déshérités, les éclopés et les exclus; dans la palette qui se présente à tes yeux déclinants, le griscolor est roi. La routine aidant, l'automate virtuose ès gestes et activités de survie se réapproprie le confort ouaté du spleen de croisière; encore faut-il qu'aucune agression ne vienne saccager l'indolence reconquise, sinon le noir te réinvestit. La radio annonce le massacre de trente villageois algériens, perpétré par des barbus qui se parent d'un coran falsifié par la haine; la nouvelle tombe à plat, la barbarie ordinaire ne bouleverse plus : il n'y a pas d'images, ça n'existe pas. Heureusement que vous avez la télévision : elle réveille et comble les pulsions de voyeurisme; voluptueuses petites secousses : vous jouissez mièvre avec les minois inexpressifs des vedettes éphémères ou les trognes satisfaites des clowns médiatiques, vous jouissez gore avec l'attentat contre les tours jumelles, ça existe, vous l'avez vu en boucle à la télé. Le monde tel qu'il est, c'est aussi ton attente lancinante d'un coup de fil. La merveilleuse machine que tu te figurais pétrie de vertu consolatrice, en permettant, faute de mieux, d'entendre les messages enregistrés, est en réalité une arme qui se retourne contre toi; malheur aux anxieux! Tu ne te connaissais pas si vulnérable; car quand tu t'absentes, ne serait-ce qu'une heure ou deux pour vaquer aux futilités ordinaires, il faut bien manger et boire, au retour, impatient de vérifier si le parfait objet contient les précieuses paroles, la déception est à l'aune de l'attente, violente, violente comme l'espoir que l'appareil a suscité. Si bien que, comme un malade qui vient de mesurer, aux conclusions d'un examen complémentaire, l'étendue de son mal, tu sombres un peu plus, car la preuve-uppercut a frappé, Milena n'a pas appelé : sans répondeur le doute subsisterait, la souffrance serait moins vive. À dire vrai, tu commences à t'en foutre, parce que tu t'achemines inexorablement vers le repli, le verbe est saugrenu car le chemin est fait pour cheminer, marcher, regarder autour de soi, découvrir des horizons nouveaux, défricher l'ailleurs, pour se pénétrer de la vie qui bouge et bruit alentour, alors que l'accumulation des échecs et des attentes inabouties a infléchi et induré ton parcours, comme une lave incandescente qui sous l'action du froid ralentit progressivement, s'épuise en une coulée vouée au tassement et à la stagnation, s'encloue pour toujours. À force de damer de piétinements-ermites le même espace étriqué sans aucune perspective de joie certaine, on voit le sol, le monde, le ciel, la vie et les rêves perdre tout relief. Si un condamné à perpétuité ne survit que grâce à l'assoupissement de sa conscience, qui lui permet de s'habituer à l'enfermement et de l'accepter, jusqu'à lui rendre un jour le monde extérieur, si tangible et si désirable il y a peu, superficiel, improbable et pour finir carrément irréel, pour toi, à ce degré de privation de la femme que tu aimes, l'uniformité des jours, des semaines et des mois, si vides et si stériles que ceux qui t'ont connu curieux et passionné de tout ne le pourraient croire, fonctionnera comme un puissant anesthésiant qui te mettra à l'abri des soubresauts et des séismes intérieurs, générera une autre façon de vivre, qui sera comme l'antichambre de la mort. Avec ça, la nausée qui ne te lâche pas, épaisse et acide, non une de ces nausées métaphysiques que certains philosophes se plaisent à exhiber, une infra-nausée, fétide et corrosive, qui empoisonne tes viscères. Degré zéro du désir, auto-sabordage, le calme lagunaire que tu auras appelé de tes renoncements successifs sera bientôt ton partage. Et à ce stade de détachement ou de résignation, choisissez le terme adéquat, au diable les téléphones, les portables, les mobiles, les répondeurs, les claviers et autres tiroirs aux alouettes qui t'apparaîtront enfin pour ce qu'ils sont, dérisoires bidules à détraquer la précieuse ataraxie !

Marie-Anne

Tu aimerais lui parler chaque jour ne serait-ce que cinq minutes; ça n'est pas du goût de Marie-Anne : cet accès de romantisme lui paraît ringard; d'ailleurs tu n'eus pas plus tôt formulé ce souhait que tu essuyas une sacrée rebuffade. Comme vous devisiez cordialement elle décocha brusquement « je vous laisse, vous avez eu vos cinq minutes ! » Coup de kriss aux tripes; « vous savez, j'ai beaucoup de choses à faire. » Parcimonie de rigueur : elle s'entend à ne gaspiller ni son énergie ni son temps ni son maigre potentiel de tendresse. Que fait-on en pareille situation ? On rue ou on s'aplatit, tu t'aplatis. Jusques à quand te laisseras-tu humilier par ta Xanthippe d'opérette ? Personne ne saurait le lui disputer en matière de franchise, qualité rare, mais quand elle l'exerce avec tant de désinvolture aux dépens de quelqu'un qui lui est attaché, Marie-Anne bousille le ci-devant. Nombre de femmes aujourd'hui se méfient des élans sentimentaux, verrouillent leur sensibilité, préservent farouchement leur être intime ; les causes en sont multiples : prévention contre le cynisme des hommes, sécheresse de cœur, jouissance de cultiver les privilèges d'une émancipation récente et d'imposer à leur tour leur loi dans une relation amoureuse, vertige d'une liberté durement acquise, frilosité..., voilà qui élargit le champ du syndrome de Madame de Clèves. Tu ne vas pas jouer au psy, inutile de spéculer, tu ignores de quoi il retourne pour Marie-Anne. Quand bien même on aurait reçu des confidences, on ne sait jamais quel a été le parcours d'un être, quelles épreuves, quelles blessures l'ont jalonné, quelle résonance persiste. Une chose est sûre : l'indifférence tranquille de ceux qui n'aiment pas est terrifiante.

Un week-end sans vous,
c'est comme un volcan sans coulée de lave,
comme un ruissellement sans eau,
comme une vie mangée par des pans d'oubli,
comme un désert sans brûlures.

Tu t'amuses à lui adresser de courts poèmes dans l'esprit des haïkus. À quoi un jour Marie-Anne fit écho « j'aime vos caresses et vos haïkus ». Qu'en termes choisis la tiédeur est dite ! Elle n'est jamais allée plus loin dans l'effusion. Y a-t-il pour autant lieu de renâcler ? Car à y regarder de près, c'est déjà beaucoup, rien de moins que l'aveu que son corps et son esprit trouvent leur compte à te fréquenter ; que demander de plus ? de l'amour ? Trêve d'obscénité. À quoi bon s'insurger ? La sagesse est d'accepter l'évidence : on n'est rien pour les autres, si ce n'est l'objet d'un divertissement occasionnel ; on ne représente quelque chose que si on est profondément aimé ; or la capacité d'aimer de chacun se réduit au dernier centimètre carré de la peau de chagrin ; on aime une épouse, un mari, une maîtresse, un amant ou un ami, certains n'aiment que leurs enfants, il arrive même qu'ils n'en aiment qu'un. Aimer et non aimoter, il n'y a qu'un suffixe de différence, mais il est d'importance, comme entre baiser et baisoter, vivre et vivoter… Aimer c'est penser mourir d'être à jamais séparé : « Avec elle ici tout rentrerait dans l'ordre, il serait à nouveau heureux, sinon il mourrait ; elle ne revint jamais et il ne mourut point. » Un soir de nonchaloir mutuel Marie-Anne laissa tomber ces mots « Vous pouvez me caresser, si vous voulez. » Fichtre, qu'est-ce à dire ? Qu'elle s'en moque. Indifférence, cynisme ? Et si cela traduisait tout bonnement le désir sincère de t'épargner un gros chagrin ? Tu ne lui demandes pas de t'aimer, seulement de faire semblant ; elle ne fait même pas semblant, mais elle ouvre les cuisses avec grâce et tu t'y engouffres avec ravissement.

Al Milion

Maintenant tu épuises au pas de course les ruelles ruisselantes, tu es seul, tête baissée, pour protéger des lunettes déjà brouillées de pluie, la relevant par à-coups en vue de te repérer parmi ce labyrinthe. Tu sais d'expérience que pour accéder jusqu'à la petite cour, Al Milion, où le restaurant se dissimule, il faut posséder un caractère bien trempé et déjouer les pièges tendus par le trajet en zigzag ; ton succès de l'an passé ne t'assurait pas d'un second. Il est midi. Le garçon te sourit aimablement et s'adresse à toi directement en français, avant même que tu aies baragouiné quelques mots d'italien ; comment a-t-il deviné ta nationalité ? En général on te prend pour un touriste allemand. Tu commandes ce qui, avec les spaghettis à l'encre de seiche et le foie à la vénitienne, est devenu un de tes plats favoris, crevettes et calamars frits, bien que tu subodores qu'il s'agit de produits surgelés, ainsi qu'un pichet de vin blanc local, doux sans être sucré ; le demi-litre suffira-t-il ? Ça dépend de la rigueur du spleen. Manger seul au restaurant est tout à fait déprimant ; le seul dérivatif, la chaleur ambiante, à moins de se fourvoyer dans un lieu où fréquentent ceux que les néo-larbins appellent encore le beau monde, et les effets roboratifs de la nourriture et du vin aidant à chasser les idées noires, est d'observer. Tu observes. Nombre de Vénitiens viennent ici passer un moment, debout, pour déguster un apéritif, qui s'accompagne de cichetti et de propos de comptoirs. Tu aimerais faire pareil chaque jour, mais éreinté par la marche et le piétinement incessants, tu n'aspires qu'à t'asseoir. Aux pépins pressés qui traversent la cour tu vois que la pluie sévit toujours. La salle est tapissée de tableaux exécutés par des Guardi et des Canaletto de troisième catégorie. Tu t'y sens bien. Un Italien de belle prestance, costard gris et cheveux tirant sur le costard, s'installe à côté, commande une dorade grillée qui, présentée, sera à sa demande expresse précautionneusement « épluchée » par le garçon ; parole ! Il est homme à faire déshabiller sa femme ou sa maîtresse par son valet de pied, qui devra ensuite la lui chauffer en bonne et due pénétration. Arrivent sur le tard deux grandes Allemandes se ressemblant, teint pâle, visage émacié, cheveux grisonnants, robes longues, genre artistes confites en dévotion, dents vampiresques ; mère et fille, sœurs ou disciples de Sapho ? Tu chercheras en vain à percer le mystère. En prenant la commande le garçon leur suggère d'un air de connivence, « acqua no ! » avec une main théâtralement pointée sur les fenêtres dévastées par le déluge, « basta cosi ». Les vierges sages restent de marbre à ce trait désopilant et ne s'encanaillent pas. Tu sors de là, rasséréné, avec juste ce qu'il faut d'engourdissement de tête pour oublier la fatigue, la pluie et la solitude.

Augustin

Un écrin blanc au confluent de deux canaux. Brutale immersion dans le noir, une fois que vous avez franchi la double porte capitonnée donnant accès aux chef-d'œuvre de la confrérie dalmate (Scuola Degli Schiavoni). Le gardien ne se presse pas, murmure d'une voix onctueuse « offerta », que vous versez avec des gestes balourds, parce que vous n'avez pas eu le temps de vous habituer à l'obscurité, qu'à cette condition seulement il daigne suspendre. Le tableau, le dernier de la série, comme oublié, est insuffisamment éclairé ; les yeux néanmoins s'adaptent. Vous êtes d'emblée submergés par le foisonnement d'objets, qui peut indisposer les amateurs sensibles, dans leur première approche, au choc des couleurs et au jeu des volumes. La douce clarté qui enveloppe la scène vous réconcilie avec le fouillis apparent et vous invite à vous attarder sur le visage serein d'Augustin, traits lisses, regard tendu vers la lumière qui sert de véhicule à la voix de l'ami Jérôme. Le saint surpris à sa table de travail par le message divin s'est dressé et garde une position qui semble défier les lois de la pesanteur. Par terre, sur le socle circulaire où est posée la table et sur la table elle-même, s'entassent pêle-mêle des livres, ouverts ou fermés, des partitions musicales si lisibles qu'on peut parmi elles distinguer un morceau de musique profane, divers instruments de mesure, et des objets variés, main de lecture, cloche, ciseaux, billets, coquillage… qui témoignent de l'ouverture d'esprit et de la curiosité d'un théologien cultivant volontiers les arts et les sciences. Si les livres, matière vierge ou matière fécondée, composent une métaphore claire du monde, deux détails au moins intriguent, la transparence du tome adossé à l'estrade, on aperçoit en effet en ombre chinoise la trace du ruban vert clouté qui la décore, et la mise en valeur du coquillage quasiment au centre du tableau : certains l'identifient comme un objet usuel servant à lisser les parchemins, d'autres y voient le symbole de la petitesse de l'intelligence humaine qui ne saurait épuiser la mer-univers à l'aide d'un simple coquillage, d'autres…

Le chien à gauche, scotché au milieu de l'espace vide, comme accouché par deux langues d'ombre, dûment coiffé et toiletté, figé d'adoration pour son maître dont il guette pathétiquement un signe, un appel, est un bichon maltais, et non un caniche, plus poilu aux pattes, d'après les cynologues avertis. Les académiques, les graves et les frileux, les mêmes qui en leur temps ont guillotiné les Fleurs du mal ou éreinté des créations originales, jugent cette présence incongrue ; or, la lueur dans l'œil du toutou l'atteste, l'intrusion malicieuse du quotidien dans un contexte spirituel est coutumière chez Carpaccio ; pour certains l'animal serait une allusion, anachronique, comme presque tout ce qui est donné à voir ici, aux Bénédictins, qui se désignaient eux-mêmes les chiens de dieu ; Augustin passe en effet pour l'inspirateur de l'ordre créé plus tard par saint Benoît, pour avoir rédigé des règles strictes de vie conventuelle ; dans ce cadre de pensée le chien apparaîtrait comme le gardien de l'âme du saint. D'autre part trois faits symboliques suggèrent une interprétation plus profonde : le toutou-lion, en arrêt de grâce, fascination extasiée, ou de chasse, comme prêt à bondir, le livre posé sur l'estrade qui reste ouvert en un équilibre improbable et Augustin lui-même maintenu en suspension au-dessus de son tabouret, donnant tous trois la sensation combinée de l'immobilité et du mouvement, figurent la communion étroite des objets, des animaux et des hommes dans la révélation du divin.

Vous abrégez l'examen de la partie gauche du tableau, sage et rangée, pour vous concentrer sur le mur du fond qui attise votre curiosité. Encastré, ressemblant de loin à un placard, un espace restreint, probablement un cabinet de travail : suspendues à une étagère haut perchée d'étranges médailles rondes ou triangulaires ; sur la table, très encombrée, des astrolabes mêlés à des manuscrits et un imposant pupitre tournant chargé de livres ouverts, comme s'ils vous invitaient à partager le savoir qu'ils contiennent. Ce cabinet intime, éclairé par une croisée discrète, abrite peut-être des lambeaux du moi secret d'Augustin ; vous l'imaginez se livrant, quand il est saisi par le doute, à la lecture d'ouvrages controversés, ou même interdits par l'Église, pour y traquer sa propre vérité ; il se peut aussi qu'il se surprenne les soirs de mélancolie à caresser de l'index l'encoche taillée au dos de l'un d'eux, trace indélébile d'une blessure d'amour : s'agirait-il de Floria Émilia, qu'il renie à grandes envolées lyriques dans ses Confessions : « ma jeunesse emportée à travers les précipices de la passion était plongée dans un abîme de concupiscence » ? Plein centre, au fond, une niche concave où l'homme d'église peut trouver refuge pour prier, s'il lui prend l'envie de déserter le confort du prie-dieu. Le Christ, debout sur l'autel, n'est pas le misérable crucifié, défait et sanguinolent ; il a au contraire le visage épanoui, le torse musclé, la cuisse ferme et la chair à peine pudique, sous un drapé qui laisse entrevoir qu'il s'est fait homme, d'un éphèbe grec ; il bénit ses fidèles d'un air paterne. Le bâton pastoral qui, à cause de l'écrasement de la perspective, n'est pas loin de se frotter à la conque marine, les chandeliers, piques en l'air, la mitre d'où jaillit l'ombre portée de la statue, tel un volcan crachant des matières ardentes, les objets du culte visibles dans le placard situé sous l'autel, eau, huile, burettes, linge..., voilà qui évoque, non l'humanité souffrante empêtrée dans le péché et le remords, mais la vie, la sensualité, la création et l'amour.

Marie-Anne

L'odeur du chemin de terre lavé par une pluie récente adoucit le paysage. Des merles siffleurs vous accompagnent. La plage grise du Langoustier est prolongée par une petite crique protégée du vent et des regards. Des varechs desséchés jonchent la cendrée. Des immortelles s'accrochent au remblai ocre où s'enchevêtrent les racines d'arbustes rabougris qui se figent dans des poses de suppliants. « Allongeons-nous ici », propose Marie-Anne. L'écran de chaleur montant de la dune rend visibles les odeurs qui tournoient alentour. Tu contemples longuement le corps abandonné, guettant le moindre tressaillement de peau. La mélodie d'Alina prend son envol. Les vieux corps ont faim. Des yeux embués de désir réclament des caresses. Tu humes et respires la peau ensuée de Marie-Anne. Tu aimes le goût et l'odeur âcres des aisselles. La base du sein abrite une oasis de fraîcheur où ta bouche s'attarde, les tétons durcissant se teintent de bleu, avant, glissement lent et fervent, de plonger dans les houles du ventre nimbé de poussière de coquillages; la bouche poursuit sa descente au paradis et, impatiente de se gorger de tous les sucs, se pose avec une ardeur contenue sur le sexe ensablé où, sans rompre le contact avec la béance pourpre, la langue, les lèvres et les dents multiplient à loisir les joutes inventives du déduit amoureux. Des mouettes paresseuses arpentent circulairement la citadelle d'amour que vos corps mêlés inscrivent dans le monde invisible. Sous le tumulte de la sève le corps de Marie-Anne se dilate insensiblement, s'ouvre aux vagues du plaisir qui par mues imperceptibles l'habille et bientôt l'inonde.

Après l'ultime secousse tu es là, aplati, jambes écartées, ventre et tête incrustés dans la cendrée; aucune idée-panique ne te taraude : ta pensée fait corps avec le corps si présent de

Marie-Anne. Elle s'est endormie. Un crabe nain musarde dans le secteur. Tel un ver lové sur le sable un filament de sperme séché luit aux clartés crépusculaires.

Aujourd'hui tu as parlé, jour de fête, tu as échangé quelques mots avec le garagiste, conversation pauvre et inféconde, comme il s'en trame des millions chaque jour, que dieu s'escrime à mal faire. Tu es par nature taciturne, sauf dans le tête à tête amical ou amoureux, où, la tendance s'inversant, tu es plutôt enclin à l'épanchement ; or cette faute de goût peut avoir des conséquences malheureuses, parce qu'à trop se dire les sentiments s'usent prématurément. Le silence est d'or ; tu t'es longtemps demandé pourquoi, lors de tes années d'apprentissage ; la lumière peu à peu a jailli dans ta petite cervelle de diplômé sup, sous les charges réitérées de la logorrhée qui triomphe dans le discours social à proportion de son insignifiance. Tu te souviens des réunions syndicales, tu ne pipais mot, or tu inspirais le respect, la crainte parfois : le bruit courait que tu avais le verbe sarcastique ; ton silence suffisait à asseoir ta réputation et ton statut d'intellectuel affûté, jusqu'au jour où, vanitas vanitatum, une sainte colère tripale, qui violait les frontières feutrées de l'orthodoxie politico-syndicale, a ruiné ton auréole de pacotille. Le silence est d'or, donc. D'où vient cet adage ? Du lointain des civilisations. Peut-être consacre-t-il une étape significative sur le chemin de la sagesse ; tu dois cependant sur ce point lucidité garder : tu es sage en ce que tu te démarques du parler pour ne rien dire, (ce qui n'exclut pas que tu puisses écrire pour ne rien dire), tu l'es davantage en reconnaissant que tu n'as pas choisi ton naturel et que ta condition de solitaire t'incruste dans le mutisme. Zéro de mérite.

« Je sais, j'ai compris. » Mots-balles, presque toujours associés, ce sont ses maîtres mots. Elle sait, alors que le lot commun des hommes, quel que soit le champ de leurs activités, est de douter, souvent de se sentir écrasés par le poids de leurs incertitudes. Le ton est tranchant, le profil dur, de quoi dissuader quiconque voudrait s'aventurer à suggérer qu'elle est mal informée ou qu'elle se trompe. Une autre de ses expressions favorites, côté charme, avec une sucée de miel dans la voix, ou côté déclaration péremptoire de l'inéluctable : « c'est comme ça ». (Ras-le-bol entre parenthèses d'entendre tous azimuts des mômeries de cet acabit, comme si on n'était pas encore sorti de la pensée magique primitive, façonnée au joug de la fatalité ! dites, j'ai décidé, j'ai choisi… voilà une façon digne de clouer le bec à son interlocuteur, c'est parler clair, vous assumez votre destin, vous inspirez le respect). Une remarque, une réserve sur son comportement, un argument susceptible d'infléchir une affirmation contestable, c'est comme une dioptrie de plus sur une cataracte lenticulaire, elle n'entend tout simplement pas. Nulle place forte féminine n'est mieux protégée contre les atteintes à son intégrité de roseau pensant et les assauts menés contre ses certitudes, elle ne veut rien ouïr qui puisse déranger son programme, son organisation, son jugement. « Ça me troue le cul », tonitruerait le bouillant Céline. Elle sait aussi ce qui est bon pour toi, changer de voiture, aller plus souvent chez le coiffeur, marcher une heure par jour au minimum, manger moins de charcuterie, boire modérément, il s'agit bien sûr de ton 12°5 préféré car de l'eau tu as le droit d'en boire tout ton soûl, mais pour la soûlerie c'est nul, penser davantage aux autres, consulter un autre ophtalmologiste, réapprendre certaines règles du savoir-vivre… « oui, je sais, je sais ». Rien ne la désarçonne : le Parthe n'en aurait pas fait son égérie, sauf à cultiver le paradoxe : aucune flèche ne l'atteint, l'escrime la plus sophistiquée, pas même une botte secrète surgie de derrière ta longue expérience de mal aimé, ne fait mouche; la carapace déjoue toute tentative de la déstabiliser et détourner de sa ligne de conduite : elle n'entend pas. Quand on sait, la tendance est de n'y pas revenir : après la visite d'un musée, d'une ville ou d'un site remarquables, tu aimerais que cédant à l'enthousiasme elle s'écrie : « c'est merveilleux, il faudra revenir le plus tôt possible ». Non, cela ne se conçoit pas, d'autres lieux l'appellent; elle ne prend jamais le temps de redécouvrir, de relire, de goûter, de jouir, elle consomme et passe à autre chose, elle connaît. Le malheur est qu'elle n'est jamais contente ni rassasiée, elle veut toujours autre chose, comme mue en permanence par un irrépressible besoin de n'être pas là où elle se trouve, l'ailleurs est son royaume. L'esprit est noué dans la rhétorique de la certitude, le cœur cadenassé, mais le corps est ouvert. Quel est le nom de cette femme extraordinaire ? Marie-Anne.

Tu es un autre homme quand tu as bu, tu recouvres un peu de l'innocence perdue à jouer des coudes pour des fumées dans la mêlée sociale. Que reste-t-il de tes quarante ans de carrière ? Rien, pas même la centaine de volumes de l'édition bilingue des auteurs classiques grecs et latins, que tu as bassement vendus pour acquérir un brûle-parfum chinois en bronze cloisonné ; quelques souvenirs surnagent, qui n'ont d'autre vertu que de te réinstaller durablement par injection nostalgique dans la solitude de l'automne de ta vie, depuis que tu ne partages plus épisodiquement le lit et le lot de Marie-Anne. La fameuse expérience brandie comme un étendard aux jeunes gens impatients de commander et de jouir est une idée-merde qui s'exhale du fumier de la pensée commune : la vieillesse ne rend pas sage, tu ne le sais que trop, elle rend les vaniteux plus vaniteux, les stupides plus stupides, les racistes plus racistes encore, etc., fiez-vous à la clairvoyance du génial Cyrano de Bergerac, rompu au commerce avec l'Autre Monde, et affligez-vous de ces légions de vieillards hébétés qui embouteillent les parlements, les académies, les conciles et les gouvernements, sinistres estropiés du bulbe et du jarret cramponnés à des fonctions qu'ils ne savent plus que bégayer ! Le corps politique est en voie de rajeunissement ? Bonne nouvelle. Au moins sous biture tu ne souffres pas, et les autres te trouvent presque gai, les passants ne te regardent pas de travers, la nature humaine t'apparaît moins opaque, tu gagnes en lucidité, pour un peu tu admettrais, à l'instar de quelques misanthropes sublimes, Baudelaire est de cette trempe, que la souffrance est un bienfait parce qu'au lieu d'inspirer la compassion elle révulse et fait les autres s'écarter, comme s'ils avaient peur d'être contaminés ; tu es solidement établi dans ta dignité de solitaire, bien à l'abri, derrière tes murs.

La visiteuse

Si ta vieille copine t'agaçait, ce n'était pas tant parce qu'elle te rendait visite, mais parce qu'elle était venue de bon matin, comme pour te surprendre et te piéger à cru ; son initiative s'entachait à tes yeux d'un zeste de voyeurisme assez pervers. La suite n'allait pas améliorer le climat. Alors qu'elle s'était montrée jusque-là assez perspicace, en concluant que ta maison ressemblait à une tombe, elle ne paraissait pas avoir remarqué dans le bureau les signes de vie et d'animation qui s'imposaient au premier coup d'œil, classeurs amoncelés un peu partout, y compris sur le divan, rayonnages bourrés d'objets disparates obstruant l'accès aux livres, (au secours, encore un inventaire ! eh bien, caltez ou allez de l'avant) chemises entassées pêle-mêle sur la table au milieu du courrier en instance, pierres rapportées d'Islande ou d'Égypte, cartes postales, photos d'enfants, étuis à lunettes, matériel d'écriture et sur le sous-main qui seul a échappé à l'invasion, quelques feuillets noircis de pattes de mouche ; étrange aveuglement chez cette estimable observatrice, que tu attribuais, s'ajoutant à la lassitude de fin de visite qui lui avait fait gommer le contraste entre l'atmosphère aseptisée des autres pièces et le désordre qui régnait ici, et ce d'autant plus facilement que le souvenir qu'elle avait pu garder de ton bureau et l'image qu'il lui restituait aujourd'hui se superposaient presque aussi exactement que deux photos du même olivier qui auraient été prises à un an d'intervalle, même heure, même lumière, où les différences infimes ne seraient perçues que par l'œil du peintre ou de l'enquêteur de police, au fait que son esprit vraisemblablement n'intégrait pas l'écriture à la notion de vie et d'activité. Tu lui dis, comme pour t'excuser de ta détresse, que tu t'étais remis depuis peu à écrire, « c'est plutôt de bon augure, tu ne crois pas ? » Et elle, te toisant avec commisération, de te glisser un conseil amical, « essaie cette fois d'être positif ». À ce franc galimatias ton sang ne fit qu'un tour ; si elle n'avait été femme et vieille, tu l'aurais claquée.

Être positif en littérature, c'est quoi ? Farcir ses contes de bons sentiments et de chants d'oiseaux à l'occasion de la naissance d'un enfant, dérouler une histoire d'amour qui après maints drames et rebondissements connaît un épilogue heureux ? Ça pullule rose dans les kiosques de gare à côté des polars ambiance trash. Exalter la rude vertu d'une famille nombreuse vivant en pleine harmonie sous le parrainage doucereux d'un petit marquis vendéen, rédiger une biographie politiquement correcte du criminel Papon et conclure à son irresponsabilité, mettre en scène les menus riens de la vie d'un couple de paysans indéfectiblement fidèles l'un à l'autre et dire leur bonheur de respirer le soir la bonne senteur des foins fraîchement coupés ? Positif ou non, ce serait à vomir. Peindre le quotidien des « vrais » gens ? Huguette y excelle, mais les éditeurs boudent sa prose superbe, elle n'a ni nom ni à-valoir ; de toute façon cette peinture échapperait aux modèles spécieux du positif et du négatif : la vie est belle pour certains, atroce pour d'autres, et pour la majorité elle n'est ni laide ni belle, elle suit son cours, qui se profile rarement comme un long fleuve tranquille ; des œuvres comme ça, il s'en fabrique des tonnes qui à peine publiées restituent leur insignifiance au pilon, dans les caves de Gallimard et consorts. Fort d'un précédent prestigieux tu pourrais t'essayer à l'histoire d'un cœur simple, une petite sœur de la servante dévouée corps et âme à des maîtres égoïstes et retors ; rien de plus misérable et de plus désespérant pourtant que le destin de Félicité : le virtuose du pied-de-nez au conformisme et à la bêtise serait-il négatif ? Ultime question : l'ordonnatrice première de l'insolite et de la cruauté fait-elle dans le positif ou dans le négatif ? Le talent corrosif d'Amélie Nothomb ne se mesure pas à l'aune de ce critère illusoire.

Ressasser à longueur de pages que « tout est pour le mieux dans le meilleur des mondes possibles » irait-il dans le droit fil du positif ? Personne ne mangerait de cette soupe, ce ne serait que monnaie de singe ou rêve d'autruche, contre quoi Voltaire s'insurgeait en lançant cette boutade. Reste une occurrence où tu te sentirais pleinement positif, sans pour autant recevoir l'approbation de ta copine, c'est que tu t'emploies à décrire par le menu les chavirements lents et jouissifs d'un couple d'amants, à célébrer luxueusement « la danse de la faffée », comme le fredonne François Villon d'un air malicieux, mais, sauf à devenir un maître ès sciences érotiques, tu n'aurais pas matière à fonder un roman. Un roman, le mot est lâché, c'est là que le bât te blesse cruellement, parce que tu ne sais pas créer des personnages convaincants et tisser autour d'eux une trame solide ; en outre tu n'y prendrais pas plaisir. En supposant même que tu t'y attelles et que tu réussisses à y mettre de la chair et de la vie, ce que tu produirais ne serait que glaire de phtisique au regard de la Recherche du Temps perdu, qui est à la littérature ce que les quatuors de Beethoven sont à la musique et la Vue de Delft à la peinture. Si le livre était un arbre, la Recherche serait un chêne majestueux aux mille claviers feuillus tutoyant les étoiles, comme celui de Dodone dont les bruissements inspirés délivraient les messages du dieu, tandis que ton roman serait un bouleau nain, tordant rabougri ses branches maigriottes au ras des mottes de la toundra. L'excellence de l'œuvre de Proust est-elle pour autant à l'abri des critiques négatives ? Il s'en faut : des tombereaux de demeurés, experts en littérature de salon ou de comptoir, l'ont jugée, et la jugent encore, compliquée, ennuyeuse et même contraire à la morale. Tant d'imbécillité tue, brise là. « Moi aussi je suis peintre ! » La seule riposte à l'injustice et à la saloperie du monde est de tâcher à faire de l'or avec la boue, la Grande Fugue, c'est Sisyphe moins l'absurde, à créer une œuvre, artistique ou non, que les autres ferraillent en la matière ; écris ce qui te plaît.

Vous

Le capitalisme mafieux a remplacé le socialisme concentrationnaire ; où est le progrès pour ceux qui ont faim ?

Vous êtes en 2001, à l'aube du troisième millénaire, celui où va se jouer la survie de la planète ; bigre, mais la controverse sur la date était débile, vraiment pas de quoi faire monter la mayonnaise cosmique. L'univers n'a cure de vos comptes à la Bouvard et Pécuchet ; qu'est-ce que la naissance du Christ ? Un fait divers concernant une maigre portion de l'humanité. Que faites-vous des autres dieux et des autres croyances, qui ont leurs dates commémoratives propres, aussi estimables que la vôtre ; quel camouflet pour les prodigieuses civilisations que les hommes ont développées avant votre pseudo-ère, par vous affublées du signe moins !

Si la nature a horreur du vide, la nature occidentale a horreur du moins. Le moins, réservé aux autres, induit d'emblée la dépréciation : votre ethnocentrisme est un avatar méprisable de l'anthropomorphisme qui vous fait appréhender le temps, les mystères de l'univers et les questions métaphysiques au crible de votre finitude.

Vous vivez béatement dans une société malade d'édulcorite aiguë : dans le discours social et politique, servilement relayé par les médias, la priorité est le « rien qui fâche et qui tache ». Quand un journaliste interroge les « vrais » gens dans la rue, ce n'est pas pour informer, c'est pour entendre la litanie des servitudes acceptées. Ainsi un sans domicile fixe, admirable litote, forcément paralysé par le micro brandi devant lui, va-t-il dire « la vie est parfois un peu difficile », alors qu'il est en train de crever de faim, de froid et de solitude. Beau travail ! « Un peu » est devenu l'adverbe-clef du discours dominant : je suis un peu étonné veut dire je suis totalement abasourdi, ou scandalisé. Je passe sur les euphémismes éculés, non voyants, malentendants, seniors, longue maladie…, vous n'avez pas trouvé d'adoucisseur charmant pour le sida, étrange lacune. Quant aux deux fleurons du nouvel évangile de la mondialisation sous contrôle U.S., restructuration et déréglementation, ils signifient crûment organisation légale de l'esclavage moderne. La langue émasculée est un instrument pervers de mystification. Gobez les fientes rédactionnelles, vautrez-vous dans la ouate du sémantiquement correct, vous accélérez la phase critique d'abêtissement, prélude à l'anesthésie générale, qu'ourdissent de concert les milliardaires de l'audiovisuel. Vous êtes des collabos cocus, et contents de l'être.

Vous léchez le cul des pdg responsables mais pas coupables, prédateurs cyniques qui vous tondent, prospèrent à vos dépens, exhibent leurs stock-options et vous font renifler un argent qui ne sera jamais le vôtre.

Aveuglés par votre vénération pour l'argent et la puissance matérielle, vous vous sentiez en sécurité sous l'égide des yankees ; mais tout a basculé. Le bâtiment le mieux protégé du monde, forteresse inviolable, cœur stratégique des frappes nucléaires, doté d'une infrastructure d'investigation titanesque, le Pentagone, cinq éperons acérés pour semer la terreur et déchirer la chair des hommes, est dérisoirement nu devant un commando de fanatiques déterminés à mourir. Je trouve plutôt rassurant, ne vous en déplaise, que l'humain, même sous sa face la plus hideuse, l'emporte parfois sur les entreprises d'uniformatisation. Le premier rodomont de la planète a pris un bon coup sur la gueule ; ne feignez pas de vous offusquer de mon absence apparente de compassion, les guerres tuent toujours les innocents, et ne vous méprenez pas, je hais plus que tout le fanatisme moyenâgeux des talibans. De là à m'apitoyer sur les Américains, que dalle ! Obèses, arrogants, incultes, affameurs du tiers-monde, incapables de s'intéresser à autre chose qu'à leur nombril étoilé et à leurs dollars, prêts à détruire la planète pour sauvegarder leur niveau de vie, les Américains ne m'inspirent que du dégoût. Souvenez-vous ! Ils ont formé et utilisé benladen, formé et soutenu les turbans noirs assassins de la vie, comme boucliers contre les communistes. Ils récoltent ce qu'ils ont semé. Fanfaronnades puériles, petits drapeaux en accroche-coeurs, prières humides… voilà la grandeur du peuple américain ; si vous avez pleuré pour ça, soyez ricains.

Tartufes de tous les pays, chefs d'État et laquais d'iceux, je ne vous crois pas quand vous prétendez être émus par les victimes des attentats, je ne crois pas un seul instant à vos airs graves et affligés, vous n'avez aucune compassion pour les morts des tours jumelles, pas plus que vous n'en avez pour les enfants irakiens sous embargo ni pour les victimes des famines orchestrées par le shérif yankee : là vous ne faites même pas semblant, parce que personne ne vous y contraint. Un des clous de la fourberie chafouine (sic) fut le raout œcuménique organisé par les hommes d'Église pour faire croire qu'ils avaient de la peine ; ce n'était que calcul d'image et promotion confessionnelle. J'ose espérer que la claque sera salutaire : il se pourrait qu'après les jérémiades un micro soupçon de modestie, d'esprit critique et de considération pour les autres peuples germe dans l'esprit des Américains moyens, coupables d'avoir élu, à l'issue d'une pantalonnade mémorable, un con.

Vous starisez et sacralisez à tout bout de champs et de contrechamps des médiocres, fusées lancées par les énervés du scoop et de l'Audimat à partir d'une rengaine, d'une berlusconade, d'un film, d'un livre de souvenirs, d'un scandale privé ou d'une affaire judiciaire…, vous consacrez le triomphe des nuls. Vous vous prostituez au mieux-offrant médiatique.

Vous recevez sur les plateaux des pseudo-vedettes venues se vendre, vous vous intéressez plus à un tueur en série qu'à un militant étranger qui se bat pour la liberté de son pays, vous faites un plat d'un quelconque bogue informatique et passez sous silence le martyre des femmes afghanes. Vous vous prostituez au mieux-offrant professionnel.

Vous prétendez lutter contre l'argent sale ; terrorisme et blanchiment, c'est tout un ; les tricheurs ont le bras long et la liberté que vous invoquez vertueusement a le dos large ; alors cessez de pleurnicher pour vous donner bonne conscience : vous ne touchez à l'argent sale qu'avec d'infinies précautions. Vous vous prostituez au mieux-offrant lucratif.

Vous vous couchez devant les excités de la gâchette, ne faites pas respecter la loi dans un État de droit qui se targue d'être exemplaire, ne dispersez pas ces nervis, quand vous y excellez contre les ouvriers, les sans-papiers et les étudiants. Pourquoi une telle mansuétude à l'égard de ces casseurs et voyous bardés de tenues camouflées ? Vous recevez des ordres, ça vient de haut : ils ont la pétoche de n'être pas réélus. Vous vous prostituez au mieux-offrant électoral.

Vous vous laissez endormir par les illusionnistes des médias combinés qui, à force grimaces infantiles, spots publicitaires et ponctions cérébro-spinales, vous font miroiter un bonheur qui ne sera jamais le vôtre.

Un penseur, ne lésinons pas, gratifions-le d'une majuscule, un Penseur chrétien, ami du pape et du président, a dégurgité pleines ondes un apophtegme décisif : « je crois en dieu et la preuve que dieu existe, c'est que je doute périodiquement ». C'était donc ça, la preuve manquante ! Foutre, j'extasie !

Main basse sur le pays; berlusconi tisse ses toiles mafieuses, jours tranquilles à Rome; traités comme de la marchandise, vous applaudissez au triomphe cynique des nouveaux négriers. Vous condamnez José Bové pour des faits de salubrité publique et laissez en liberté les malfrats avec cravate et voitures de fonction.

Vous avez quelque inclination pour untel, vous êtes impressionnés par la rigueur et l'honnêteté de tel autre, mais entraînés par la vague de conformisme portée par la presse qui ne sait qu'opiner aux valeurs consensuelles, la presse d'opinion quoi! vous vous dégonflez et votez lâchement pour les vieux boutiquiers de la peur.

Vous élisez des hommes incompétents et roublards traînant des casseroles sonnantes et trébuchantes : ils sont si sympathiques, toujours souriants, le non-lieu est leur royaume, le moyen de résister?

Vous réélisez des malfrats convaincus de fraudes, d'abus de biens sociaux, de blanchiment d'argent, à croire que votre cerveau-éponge considère la corruption comme un mal inévitable dans l'exercice de la démocratie, par là de faible conséquence.

Assurance-vie, à ce mot vous jouissez, un flot de bave épileptique vous monte aux lèvres; formez la chaîne, rats de laboratoire, encagez-vous avec confiance, les grands frères proxénètes veillent sur vous, vous êtes en sécurité.

Assurance-vit, vous suez d'angoisse, car vous, hommes, n'avez plus rien dans les gonades et vous, femmes, êtes asséchées de l'intérieur. Vous ne jouissez plus.

Vous vous laissez émasculer par la pratique des jouissances virtuelles. Attis au moins s'est écouillé lui-même, il avait un idéal; votre idéal est n'en avoir point, qui puisse vous sortir de la torpeur où vous croupissez, redonner vigueur à votre pensée, vous ouvrir à la beauté du monde. Chouette! On peut tout faire aujourd'hui, tout est à portée de doigts : on joue virtuel, on voyage virtuel, on aime virtuel, on besogne virtuel, on jouit virtuel avec la dame de son clavier. Pauvres aliéniés, réduits à vivoter dans un espace qui n'est pas le vôtre.

Bush d'égout va-t-il enfin manger du omar ? Rien n'est moins sûr ; l'allumé de la charia, version gore, est en passe de sauver sa peau. Quant au grand satan, il s'est évaporé avec une bonne partie de son réseau terroriste. Je rigole jaune. Après vingt-trois ans de guerre les Afghans vont-ils enfin vivre ? Ce qu'on voit à Kaboul n'est guère rassurant : les reîtres déguisés en policiers n'ont que deux moyens d'expression, l'aboiement et la kalachnikov. Les chefs de guerre, dont certains sont des brutes sanguinaires, régneront en maîtres sur leurs fiefs respectifs et s'appuieront sur la justice islamiste qui coupe les mains des voleurs et la tête des homosexuels. Je ne me fais guère d'illusions sur le sort des femmes ; elles pourront aller à l'école, sortir seules, découvrir leur visage, exercer un métier, encore faudra-t-il qu'elles se montrent extrêmement courageuses et opiniâtres. Je fais un rêve : un tribunal de femmes afghanes jugeant les crimes d'omar et de ses sicaires.

Les tortionnaires

Vous avez la mémoire courte : il a fallu qu'un vieux débris, amnistié et décoré, s'enorgueillisse d'avoir pratiqué la torture, pour qu'un sursaut de conscience secoue le pays. Quelle mouche a donc piqué ce kyste ? Il était en manque de panard, les commémorations guerrières échouaient ces derniers temps à le faire jouir. Ça le faisait pourtant : statufié devant le monument aux morts, aussaress.ss se cramponnait à pleins moignons aux oripeaux de la virilité perdue, tiens bon la hampe, vieille sanie, ça simule la sensation des érections d'antan. Ah les beaux jours où tu forais et saignais les femmes algériennes kidnappées par la soldatesque aux ordres. Qui dira la hideur d'une harde d'anciens combattants glorifiant une quelconque boucherie ? À l'acmé des flonflons le tortionnaire rêve ratissages, corvées de bois, baïonnettes labourant des ventres de fells, douars napalmés ; il meugle de plaisir au souvenir du corps supplicié de Djamila, clouée sur l'étal, poignets et chevilles entravés, son alcoolyte borgne actionne la magnéto, la rosace verdâtre autour des seins excite les bourreaux, aussaress.ss lui brûle le sexe avec sa bastos, la toison ensuée grille, le borgne l'enfourne, assène son poing sur les lèvres ficelées par l'horreur, l'égorge ; un rictus fugitif rosit la trogne porcine d'aussaress.ss, il bande un soupçon, puis la face suintant l'ordure se fige et se remomifie. La bave vous mousserait-elle aux papilles, comme aux chasseurs avant de tuer, admireriez-vous secrètement la jubilation obscène du tortionnaire à l'instar de ses anciens complices, lardés de galons et décorations, venus au tribunal chevroter leur soutien ?

L'enfer en votre jardin

« Au secours, je veux un bébé zéro défaut ! » Pas de malaise, vous aurez un bébé zéro imagination. Bardez-vous de prothèses bioniques pour échanger des truismes avec vos clones ; ce monde de chiottes, je vous le laisse, consommez-le sans modération, vous n'y perdrez que votre âme, qui ne vaut pas un clou rouillé.

Que veulent les obscurantistes ? Le chaos et la nuit, ad majorem allahi gloriam, que veulent les Américains ? L'argent et l'hégémonie, avec la bénédiction de leur dieu, qui est aussi le vôtre : même combat, même issue, la mort des déshérités. Vous êtes tous des Américains, alors bon vent, bon paradis libéral, bon cholestérol, bonne vérole au bulbe, bon pop-corn, bonnes grimaces vertueuses, bon impérialisme inculturel, bons te deum… Au fait, vous êtes-vous déclarés Tchétchènes, Tutsis, Irakiens, Tibétains… ? Non, pourquoi ? Ça me taraude. Feu vert pour Charogne : les sionistes massacrent les civils, mais j'ai confiance en vous, vous êtes tous des Palestiniens.

Il y a mille autres causes de dégoût et de révolte, mais j'abandonne : ce serait un long thrène de douleur, qui occuperait tout l'espace de ce livre, au détriment des émouvantes variations sur le rêve d'amour, ce dont vous seriez très marris ; déjà je m'en veux de n'avoir pas suivi le judicieux conseil de Chateaubriand qui recommande d'être économe de son mépris, « étant donné le grand nombre de nécessiteux ».

Vous êtes au bord du puits, le compte à rebours est enclenché, appuyez-vous sur la margelle ; vous êtes plus près de la chute que du coït fulgurant avec les nuages de matière qui peuplent l'univers. À la trappe, vociférait Ubu en s'pissant d'ssus ! L'ouverture n'est pas large mais suffisante pour absorber les flux successifs des arrivants, car, tel l'entonnoir renversé du père Hugo peignant l'horreur du châtiment sous des couleurs d'apocalypse, la fosse s'évasant à l'infini a l'appétit des trous noirs où s'abîment les résidus d'étoiles en errance ; de même que les étoiles mortes émettent, juste avant d'être englouties par ces bouches gigantesques, un ultime message lumineux, qui s'inscrit à jamais dans les registres du Temps, de même, à continuer de fermer les yeux et de vous laisser vampiriser ce qui vous reste de volonté, vous pousserez bientôt un ultime cri humain, ce sera votre paraphe, imperceptible au regard de l'univers, qui sera de désespoir de vous être montrés si peu lucides et si peu solidaires des peuples en proie aux convulsions de la faim. Encore un effort, et vous précipitez !

Par votre silence et votre apathie de citoyens planqués, vous collaborez à l'assassinat de la terre, cet espace qui devrait être le vôtre.

Je vous laisse à vos consoles, à vos macdos, à vos coucheries avec le fossoyeur poupin de la culture française et avec la crapule qui vous a joué la Total pollution de la mer ; je vous laisse à votre indifférence pour les meurt-de-faim.

Je vous laisse à vos furanes, à vos dioxines, à vos pics de dioxyde d'azote ; je vous laisse à vos nukes, à vos bombes à billes tueuses. Fabriquez, entreposez, bichonnez, caressez, soyez putes jusqu'au bout, et larguez !

Larves vous êtes, larves vous resterez.

Je vous laisse à votre veulerie qui vous vaudra une agonie panique dans cet enfer qui sera le vôtre.

La mort apprivoisée

Funérailles riment avec retrouvailles, ainsi vivent les seniors dans les grandes cités ; hormis les amis véritables qui se comptent sur les doigts d'une main, les connaissances et les anciens collègues qu'on a l'habitude de croiser sans les voir au milieu de la presse urbaine ne se retrouvent que là. Bien qu'en cette posture les rugines sournoises redoublent d'activité au profond de tes jambes, tu restes debout pendant toute la cérémonie, sans obéir aux injonctions successives de l'officiant, debout, à genoux, assis, couché, halte-là, tu anachronises à mort, l'inquisition, c'est fini, par mécréantise avant tout, mais aussi parce que tu ne veux pas sombrer dans la torpeur. En effet, l'homélie débitée monocorde avec onction, lisse en son contenu, qui épuise les champs lexicaux en rapport avec prière, espoir et amour, berce très efficacement l'assistance assise : les esprits s'assoupissent, les yeux s'ombrent, les nuques s'affaissent, les dos s'arrondissent ; à se demander pourquoi les psy et autres praticiens ne prescrivent pas aux insomniaques, à la place des anxiolytiques et des somnifères, la fréquentation régulière des églises et des enterrements. Les fidèles sous hypnose méditent.

Les voilà gaillards pour affronter la deuxième phase, un palier de temps suspendu sur le parvis, où se rassemblent les vivants en sursis : airs accablés, gravité, toussotements, raideur, sourires constipés, larmes, serrements de mains. Tu as serré autant de mains qu'en six mois de vie ordinaire. Les deux personnes qui t'ont fait la bise en t'appelant par ton prénom (ce dernier restera tu, l'embrayeur narratif fait loi, et il y a toute apparence que s'il avait dû être révélé il l'aurait été piéça de la bouche de Marie-Anne ; mais en quinze mois elle ne l'a prononcé qu'une seule fois, au milieu d'une foule, en état d'urgence en quelque sorte, la scène haute en surprise n'a pas été retenue au montage ; quant à ton prénom de substitution, les amants adorent ces mignardises charmantes, elle ne t'en a gratifié qu'une vingtaine de fois, écrit et oral confondus : rouerie, frilosité, indifférence ? La suite confirmera sans doute les impressions jusqu'ici glanées) étaient des encore jeunes femmes ; tu n'as pu identifier la première, avec le temps, va, on morfle, on s'amochit, la seconde t'a demandé si tu la reconnaissais, c'était le cas, et en vieux routier de la drague virtuelle tu lui as tourné un compliment d'une rare originalité en déclarant : « quand on t'a vue une fois, on ne t'oublie jamais ».

Tout à coup sans le moindre signal perceptible le groupe compact s'ébranle et s'éparpille en direction des voitures. Pourquoi faut-il qu'après s'être rabougri l'âme encore un peu plus dans un cimetière sinistre balayé par le vent on se disperse chacun de son côté, avec, chevillée au visage, l'affliction de contenance qu'on s'est composée deux heures avant (car, pardonnez la lapalissade, on ne pleure que sur soi, à proportion du vide que le défunt va creuser dans sa vie) au lieu de se retrouver au bistrot et trinquer joyeusement à la beauté du monde, rire et danser, pour épauler, réconforter les proches, qui seuls ont besoin d'être consolés ? C'est simple, la mort n'a plus de réalité. Autrefois à la moindre évocation de la mort les gens se signaient et faisaient démonstration d'une terreur sacrée. Il n'en demeure pas moins vital d'exorciser cette crainte, d'où le constat attristé de Montaigne : « le remède du vulgaire, c'est de ne pas penser à la mort » ; mais son commerce assidu avec la sagesse antique lui fait déplorer ce comportement d'autruche et prôner l'exigence de s'éduquer : « n'ayons rien si souvent en la tête que la mort », non pour retomber dans le tremblement stérile mais pour n'en être pas esclave, objectif qui requiert un travail sur soi, une réflexion, une prise de conscience calme et sereine de sa condition de mortel. De nos jours la mort n'a évidemment rien perdu de son retentissement sur les esprits, rien de son pouvoir de semer l'effroi, mais le remède instrumenté par les mondiocrates du bonheur standard pour les masses et du profit pour eux a changé : tout est manigancé de façon que les suiveurs de base n'y pensent plus comme à une échéance qui les touche personnellement. Imaginez sinon les tragédies domestiques à répétition : le déluge de représentations de la mort est si constant et si dru que si vous vous signiez, à chaque image, avec une main en perpétuel mouvement frénétique et l'autre crispée sur son zapping-block, rallumer sa clope tiendrait de la mission impossible, les yeux brûleraient, les braises s'épandraient, les tissus crameraient. Mais ne vous alarmez pas, les fossoyeurs de la pensée savent y faire : la mort dans tous ses états est si présente partout, pour de vrai comme pour de faux, films, feuilletons, jeux vidéo, reportages, sites internet, séries… qu'elle est devenue, par la confusion qui s'établit comme en se jouant entre la réalité et la fiction, quelque chose d'irréel, une chimère, une virtualité qui ne vous concerne pas. La mort pleut à verse sur les écrans et les consoles en un défilé ininterrompu d'images subreptices déréalisées qui ne s'incorporent pas à votre conscience pour ce qu'elles sont, les flashes ricanants de votre proche anéantissement. Et voilà que, comme le recommandait Montaigne « vous y êtes apprivoisés », par un biais singulier certes, sans prendre la peine de penser : l'angoisse du trépas n'étreint pas les iconophages; promus stoïciens par le ça, les lobotomisés béats niquent la mort.

Bonheur?

Posséder un gel fixant, un contrat d'assurance multirisque, une lessive anticalcaire, un déodorant longue durée, une voiture sobre et performante, un téléviseur extra-plat, une aide à chier en cas de problème de transit, un lecteur DVD, un portable hi-tech, un spray buccal assurance-flirt... le tout emballé dans une mer de plastique, c'est le bonheur, selon saint code-barres. Puisque le bien-être est un droit universel, la règle est de la jouer modeste : les magazines, les spots, les clips, les oraisons télévisuelles façonnent des rêves de petites satisfactionnettes (pléonasme nul, mais la redondance ici s'impose) à la portée de tous, à condition toutefois que les postulants ne soient pas des gagne-trop petit, encore moins des érémistes ; ceux-là avec leur gueule d'empêcheur de jouir en ronron, on les biffe, on les occulte, haro sur la misère et la difficulté à vivre. Tous ceux qui ont accès aux médias s'emploient à incarner ce modèle, ils rient, gloussent et se trémoussent, ils sont heureux ; les plus vénaux saisissent avec enthousiasme les occasions de stigmatiser, en pouffant de connivence braillarde, l'ennemi public numéro un, « un mal qui répand la terreur, mal que le ciel en sa fureur inventa pour punir les crimes de la terre », la prise de tête, « puisqu'il faut l'appeler par son nom » ; réfléchir est la peste du temps présent, bien plus redoutable qu'une quelconque poudre blanche concoctée par un fou d'allah, parce que tous sont frappés. À quoi bon réfléchir, puisque les requins de la finance, les mafieux de la politique et les marchands de bonheur pensent pour vous ? Qu'ils soient bateleurs, patrons, vedettes tous terrains ou politiciens, avec une mention spéciale pour ces derniers, y compris les plus compromis dans des affaires frauduleuses (ils n'en ont cure, des nuées de conseillers habiles et d'avocats bien payés tapinent pour eux), tous les personnages publics, allure décontractée, arborent invariablement un visage rayonnant, ils sont là pour la montre, à défaut de quoi ils passeraient à la trappe, et s'évertuent méthodiquement, en reprenant à leur compte les mêmes références et les mêmes mots-tendance, à colporter l'image d'un bonheur émasculé et hystérectomisé. Parmi eux des légions de crapules et un quarteron de lucides.

Les crapules ne se lassent jamais de servir une idée-masque fort prisée dans les sphères dirigeantes depuis la nuit du prêche judéo-chrétien à l'usage de ceux qui n'en ont pas, l'argent ne fait pas le bonheur ; accordé, mais il y contribue tellement que l'idéal de possession de biens matériels occupe quatre-vingt-dix pour cent des discours destinés à pétrir les cervelles. Si l'argent ne faisait pas le bonheur, la prostitution fleurirait-elle partout si uniment ? Le plus vieux métier du monde ? Il est aussi le plus neuf et le plus prospère aujourd'hui. Voyez plutôt : des personnalités en vue se prostituent sans vergogne pour la promotion de leurs propres produits, des acteurs connus s'exhibent dans des films publicitaires, aux dépens des intermittents du spectacle, des champions sportifs, des stars du show-biz et de la scène, ainsi que quelques autres, pour peu que les circonstances les aient propulsés au zénith de la vacuité ambiante, jusqu'aux sous-produits du système rescapés de quelque loft, vendent leur image à des prix vertigineux pour célébrer des gadgets grotesques ou, suprême entourloupe, délivrer des pseudo-messages citoyens ; ils ne rougissent pas d'infliger une torture insupportable à tous ceux qui pourraient faire ça à leur place ; à quand la révolte des exclus et des smicards ? Calme plat sur le front social ; quand ça bouge, c'est du côté des nantis. L'ami du président, chouchou des franchouillards, dodu, facho, macho mais pas sumo se prostitue partout où il paraît, moyennant un cachet exorbitant, pour dire et faire des choses dignes du jardin d'enfants. En revanche, à la plus grande honte des prétendus démocrates en odeur d'argent qui vous manipulent, un philosophe à la mode ou un savant éminent reçoit cinquante fois moins pour une conférence. Méditez. Le bonheur de rat médiocrement nourri passe par la possession de quelques gadgets de plus : c'est le prix que vous payez pour la prospérité des crapules.

Quant aux lucides, s'ils donnent parfois l'impression de souscrire à l'idéologie dominante, c'est poussés par le bon sens et le pragmatisme : ils savent que les propositions des philosophes relatives au bonheur sont le plus souvent générales et abstraites, au lieu que se sentir bien intégré au groupe, ressembler aux autres, faire comme eux, se fondre dans la masse, ne serait-ce pas le meilleur rempart contre la solitude et le désespoir ? D'où l'idéal du politiquement correct très en vogue aujourd'hui, version caricaturale du « rien de trop » des penseurs grecs, hantés par le crime de démesure dont peut se rendre coupable un individu en proie à l'ivresse de se croire supérieur aux autres ou même l'égal des dieux. La base du comportement social à Athènes était de savoir rester à sa place, de ne pas « s'y croire », afin de minimiser les risques de prêter le flanc aux aléas de toutes sortes qui fracassent un destin en une seconde, les dieux ayant été inventés par les poètes pour occuper le terrain de la durée et de l'excellence. Si Socrate a été condamné à boire la ciguë, ce n'est pas parce « qu'il corrompait les jeunes gens, mais parce qu'il ne reconnaissait pas les dieux de la cité » : suggérer la possibilité d'une conception personnelle en matière de croyance était le crime capital.

Qu'en est-il du bonheur ici et maintenant ? Tu n'as pas avancé d'un pouce. Les quêteurs d'absolu eux-mêmes sont conduits à en rabattre, car leur cheminement individuel, hérissé de tâtonnements et d'illusions perdues, leur enseigne que le bonheur est relatif et ponctuel. La plénitude heureuse est chose incarnée, associée à des lieux, des noms, des visages, des frissons esthétiques, à des objets même, si anodins soient-ils. Marie-Anne qui ne s'attache pas aux objets, récuserait avec véhémence le petit dernier de la liste ; tu te souviens de ses cris d'orfraie, « ça encombre une maison et ça attire la poussière » ; tu suggères qu'un objet ramené de tel ou tel de ses ailleurs demeure une sorte de réceptacle d'émotions, comme une boîte à musique qui revit dès qu'on soulève le couvercle, une fenêtre ouverte sur un bonheur passé, peine perdue. Le bonheur échappe à la généralisation, il est concret, il se vit, se partage souvent, aujourd'hui, demain peut-être, il est fusion, moment de grâce dans la relation amoureuse, la communion avec la nature, la contemplation d'une œuvre d'art…

Il y a peu, emboîtant le pas à l'auteur des Fleurs du mal, tu hasardais l'idée que la souffrance puisse être un bienfait. Il ne s'agirait naturellement que de la souffrance morale, car tu n'aurais pas le cynisme d'exalter la souffrance physique ni même d'y enter ne serait-ce qu'un quark de valeur rédemptrice; certains ecclésiastiques prêchent encore cette idéologie de coquins et, pire, des médecins avec plaques, stéthoscopes et ordonnances dûment inscrits à l'Ordre, dont les réticences à combattre et éliminer la douleur confinent au crime de non-assistance à personne en danger; Hippocrate en son hypogée saigne. Quant à l'autre souffrance, celle qui annihile, déconstruit, dépossède de soi, vraie mort intérieure, selon Milena, déferlante qui submerge, rend prostratique, à ne plus rien supporter, pas même ses musiques préférées, qui interdit d'explorer au-delà de l'horizon de ses propres larmes, nettoie de toute velléité de rêver, pétrifie au degré zéro du désir, elle n'a pas non plus la moindre vertu, malgré ce que ressassent les manipulateurs stipendiés auréolés de pas moins que bac plus trois ou quatre, il faut positiver, foutredieu, c'est le commandement du siècle, d'où cette extravagance masochiste puant le ragoût moralisateur, « au moins quand on souffre, c'est la preuve qu'on est vivant », incontournable, et quand y a d'la vie, y a d'l'espoir ! Quel espoir ? Ce noble sentiment fonctionne souvent comme un boomerang ; dans les états de déréliction extrême il faut tuer cet espoir-là, qui ne peut être qu'une image contaminée par les espoirs jusque-là entrevus, qui ont justement conduit à cet état. Pour repartir de zéro, il vaudrait mieux faire le vide dans sa tête, un vide qui ne ressemblerait pas forcément aux prémisses d'un exercice spirituel, un vide sans prétention, trivial, comme celui qu'opère un tripier à l'intérieur d'une volaille, quitte à la bourrer de farce, c'est goûteux et ça fait rire ! Rassurez-vous frères en galères prochaines, l'aptitude à vivre est de toute façon plus forte que la résignation au malheur : quelle que soit la cause du mal-être il y a toujours, sauf auto-attentat, gare, la mort se fait pute en exhibant ses charmes fallacieux, une rémission, une éclaircie, une brèche par où on s'ouvre un chemin, un sourire, une main tendue, « la vie est là, simple et tranquille ». Tu n'es ni heureux ni malheureux, pareil à la plupart des créatures qui survivent en ce pays, quand les besoins vitaux sont assurés ; la vie est un paysage devant soi, on avance sous le fouet de la nécessité, « hue donc, bourrique ! », en traversant des zones d'ombre et de lumière. Qu'est-ce qui reste en dernier recours pour mettre en berne la débâcle intérieure ? N'en déplaise à Blaise, ton ami posthume, rien que le divertissement.

Marie-Anne

Il n'est pas question ce matin de traînasser au lit, c'est dimanche pourtant; une brusque ruade réduit à néant toute esquisse de rapprochement des corps. Le programme de la journée est très chargé : collection permanente du musée municipal, exposition d'art africain, promenade digestive le long de la piste cyclable, concert de musique pour orgue, J.-S. Bach, Jehan Alain, Purcell, Stockhausen, soirée théâtrale : histoire vécue d'Artaud Mômo : déchirure du corps et de l'esprit, longue toile de douleur tissée par le poète, drogué, camisolé, broyé par la machine psychiatrique, blasphèmes frénétiques; Artaud, démoli par les électrochocs répétés, vocifère son exaspération, sa haine, sa révolte; cette étoile noire de la littérature française t'insufflait jadis, avec quelques autres, Théophile, Sade, Lautréamont, Cioran... la volonté de t'aventurer sur les sentiers de l'invective.

« Je renie le baptême.
Je chie sur le nom chrétien.
Je me branle sur la croix de dieu.
C'est moi qui ai été crucifié au Golgotha,
et je l'ai été pour m'être élevé contre dieu et son christ,
parce que je suis un homme
et que dieu et son christ ne sont que des idées
qui portent d'ailleurs la sale marque de la main d'homme,
et ces idées pour moi n'ont jamais existé. »

Pour une fois tu es fier de toi, quelle force d'âme, car citer une dizaine de lignes d'Artaud, c'est condamner ta prose à passer pour ce qu'elle est, de la pisse de gnome.

Mission accomplie. Recru et content. Vous partez le

lendemain pour un séjour d'une semaine à la montagne. C'est l'heure des câlins, mais Marie-Anne se lève d'un bond en s'écriant : « je savais que j'avais oublié quelque chose ! » Et elle se met à empiler dans un autre sac des livres, l'Emploi du temps, l'Émeraude des Garamantes, Candide, la Tentation de saint Antoine, des revues, Géo, Arts, Partir, l'Objet d'art, le Monde de la musique, le Nouvel Obs, des cassettes, Mozart et Pärt; tu observes que ça fait vraiment beaucoup, « vous savez, c'est loin de tout, s'il fait mauvais, je vais m'ennuyer. » Quelle gifle ! À inscrire au catalogue des vacheries extra-conjugales. Tendre ami, puis frère en divertissement, te voilà rabaissé au rang de vulgaire accompagnateur : est-ce le dernier degré de l'échelle galante ? Plus bas il y a bien la fonction de chauffeur-jardinier, mais c'est dès le départ exclusivement sexuel. À ce mot-lynchage dont elle a le secret tu blêmis, mais en disciple convaincu d'Épicure, quoique tu ne parviennes pas toujours à respecter la règle d'or malgré tes antécédents de sagesse, brider et évacuer les émotions négatives, tu ravales silencieusement le parpaing. Marie-Anne, rassurée par son viatique culturel, n'eut pas plus tôt réintégré le lit que ton humeur foutative se réveille, le sang te monte aux yeux et aux couilles, au diable les préliminaires, plongée immédiate au cœur du pacage à brouter, « arrêtez de me sucer, ça ne me fait rien, vous le savez ». Saisi à ce coup d'une rage légitime, tu décides de lui jouer la cantate du labour et du cafard, tu t'apprêtes à l'envulver sauvagement, quand elle s'empare de ton braquemart et, immobilisant tes reins avec ses jambes d'acier, le serre avec un tel à-propos que bientôt ses doigts s'étoilent en barreaux de foutre.

La gifle de trop ? Quand on se sent trop seul, on sombre ou on réagit, on tente de changer quelque chose dans sa vie; on s'ouvre aux autres, on rencontre une autre solitude, de loin ça cadre, on se rapproche, on échange des espoirs; il se peut, comme l'affirment péremptoirement les revenus de tout, les prétendus lucides, qu'il y ait des manques dans cette décalcomanie fragile, mais on gomme les différences, on enlace un corps devenu si précieux sous l'empire de la peur de le perdre, on se rend vulnérable au leurre, au risque de s'embourber bientôt dans des territoires impraticables. Au moins brise-t-on ses chaînes un temps, tant pis si ça casse. Ta relation avec Marie-Anne est-elle condamnée à s'enliser dans les sables du malentendu, que la routine ne manquera d'épaissir ? Tu l'avais prévenue « le toutouisme a des limites ». Déjà tu ne lui posais plus de questions sur le sujet, tu t'en posais de moins en moins, et quand il ne subsiste plus qu'un suint de tendresse, l'échouage est proche. Jusques à quand t'entêteras-tu à te dire, après avoir reçu une claque, un beau cul vaut bien quelques rebuffades ?

Et tous ces vieux cons en short et en chemise fleurie ouverte, poils en vitrine, gros de panse pissant le gras double, âcres de sueur concentrée, qui te font gerber dès que tu risques une sortie en ville, tu es comme groggy à voir le monde si laid et si pareil, ta gueule saoulée de coups s'avale jusqu'au nombril, ton amas sexuel clignote comme un astre à l'agonie, tu as ton compte, ton compte d'heures, d'appels, de semaines, de lettres, de mois à attendre ; on attend toujours quelqu'un, quelque chose, tu te souviens de ton fils rivé à son attente de rien, front écrasé contre la vitre embuée, mains crispées sur le radiateur en fonte, pieds scotchés au carrelage encombré de sacs en plastique par lui rassemblés, faisant non de la tête aux épées de pluie qui sanglaient son espoir. Comme les jours sont lents à courir, uniformément dépourvus du moindre flipot de surprise, jusqu'à ce qu'un soir de plus lourde lassitude tu prennes conscience que les mélasses quotidiennes ont absorbé toute ton énergie vitale. Lancinante pression sur les tissus oculaires, picotements caractéristiques du bord des larmes, larmes martelant les paupières, pour tout, pour rien, pour elle, tu pressens qu'elle ne repassera plus, repasser, ce mot-maître du temps instruit de tout, répéter un geste, une phrase, une grimace, bouche ouverte aux invariables redites, corps et esprit entravés par l'attente d'elle, tu repasseras la semaine prochaine, mon amour, tu veux bien, nuque meurtrie de rabâchages, dans la tête une blessure indéfiniment ressassée, qui n'en finit pas de tirer sur les nerfs, la chair appelle la chair, pourvu que mon amour revienne, le fil des jours ainsi usé à force, des taches de roussi noircissent le tissu, chênevottes se consumant à l'ardente paille, trame désagrégée, une cagoule de suie emprisonne les ailes du désir, tu es cramé au centre, l'heure a-t-elle sonné de passer où plus rien n'y a ? « Vite, une saoulée d'vin ! » Quel meilleur remède que cet alcool pour carotter quelques heures d'absence à ton enfermement, pour te mettre en congé de ton attente inlassablement refabriquée, endormir le désespoir de te connaître cloué à une chimère, t'aider à détourner les yeux de ton ciel de brame nostalgique ? Ton amour ne repasse plus, les jours de bonheur passés avec elle se comptent sur les doigts d'une main ; Milena sait aussi ce que souffrir veut dire.

Milena

« Parfois je me sens complètement vide, comme si la vie momentanément me quittait. » Milena se livrait à un flirt dangereux avec la mort qui, toujours à l'affût de leurs renoncements et de leurs doutes, attend les hommes sur l'autre rive dans la tiédeur du couchant. Une telle confidence était difficile à entendre et à endurer, car cet état de mort latente, quelque temporaire qu'il fût, tu en étais en partie la cause, par ton inaptitude chronique, qui provoquait tant de sévères plongées dans la désespérance, à accepter les rudes conditions de votre relation amoureuse, et par les défaillances de ta confiance qu'elle exigeait constante et inébranlable, au nom de quoi tu devais, quoi qu'il advînt, rester assuré qu'elle faisait le maximum pour votre bonheur en toutes circonstances. L'aimer, c'était accepter tout d'elle sans broncher ni sombrer. Tu avais beau te hasarder à lui présenter la situation sous un autre angle en inversant la perspective, tu n'avais aucune chance d'infléchir sa conviction et sa détermination : ce n'était tout de même pas toi qui faisais obstacle à votre bonheur, elle n'avait pas le droit de penser qu'elle était malheureuse à cause de toi, puisque, tu le lui répétais inlassablement, tu lui faisais don de ta personne pour la servir et l'aimer. C'était écrit sur ton visage, comme si, à l'instar des esclaves à l'encan arborant un écriteau qui déclinait leurs qualités, tu voulais qu'elle y lût en permanence que dans la seconde qui suivrait son consentement ton temps, ton corps, (certes il en existait de plus enthousiasmants, tu n'es pas Rafter, mais elle savait lire au-delà des apparences) ta maison, ton esprit et ta vie (n'en rajoutais-tu pas un brin ? non, foi d'écriteau) lui appartiendraient sans restriction. Mais elle ne saisit pas la main tendue. Naturellement tu n'aurais pas l'outrecuidance de penser qu'avec toi Milena aurait été pleinement heureuse, pleinement vivante, encore aurait-il fallu tenter…

Augustin

Pingebat ou Fingebat, c'est la question ; du latin maintenant ! rien dans ce livre chaotique ne vous sera épargné. La signature du peintre est logée dans un cartouche placé dans la partie basse du tableau, non loin du bichon maltais. Lumière insuffisante, cervicales endolories, yeux fatigués, tout conspire à t'empêcher de distinguer entre P et F. Pingebat est la formule traditionnelle, du verbe pingere, représenter, peindre; l'imparfait peut surprendre mais il renvoie à sa valeur d'aspect en latin exprimant la durée, ici la présence persistante d'un travail patient et assidu. Avant qu'une loupe braquée sur une excellente reproduction ne tranche la question, tu paries pour Fingebat, beaucoup plus riche de sens, imaginer, créer, qui ferait de Carpaccio une sorte de passeur préfigurant une conception moderne de la peinture, qui ne copie pas mais dévoile, par là il affirmerait la prééminence du travail de création : le peintre ne reproduit pas la réalité, il la transpose, la recrée; c'est la finalité même de l'art, que plus personne ne conteste. Rien d'étonnant alors qu'un tableau de cette facture, qui comporte, comme un poème de haut vol, plusieurs entrées, suggérées entre autres par la kyrielle d'objets, soit susceptible de lectures multiples, y compris les plus inattendues.

La charge symbolique du petit chien, immense, est en raison inverse de sa taille, car elle ne se limite pas à ce qui a été relevé jusqu'ici, allusion à l'ordre des Bénédictins, clin d'œil de l'artiste s'essayant à la peinture animalière, note d'humour par la disproportion entre la mignardise de l'image et la gravité du sujet. Dans la niche centrale se dresse la statue du Christ qui commande deux lignes de fuite divergentes : l'une part de la main droite qui bénit le chien à distance, l'autre traverse également le tableau en désignant au passage la crosse, le calame d'Augustin, la table de travail, l'estrade cloutée d'or, pour mourir dans le coin droit sur la partition musicale. Quant au toutou, comme s'il avait piégé le rayon invisible, il le relaie par diffraction en direction du visage d'Augustin, jouant en quelque sorte le rôle du didascalos, le « metteur en scène » du théâtre antique, en attirant l'attention du regardeur sur l'événement important. Enfin, conjecture propre à donner plus de poids à l'allusion à l'ordre des Bénédictins, si le toutou est figé comme Augustin en une sorte d'adoration mystique, c'est qu'il est en permanence solidaire du destin de son maître ; il est acteur de sa vie spirituelle, son alter ego, à l'instar des chiens sauvages dingos que les aborigènes considéraient comme leurs anges gardiens, attentifs à les guider dans leurs déplacements, les avertir des dangers et les détourner des actes interdits ; l'hypothèse formulée naguère trouverait confirmation : le bichon maltais est le gardien de l'âme d'Augustin.

Grotte polie par la connaissance et la foi, la niche centrale exalte l'image du Christ, auprès de qui le saint en mal de tendresse vient parfois se blottir pour prier et dire son amour. Il se désintéresse complètement du message paternel, aurait-il d'autres idées en tête ? Le Christ occupe la première place du hit parade des Arts plastiques, avec quelques bonnes longueurs d'avance sur le sinistre napoléon. Consternation : ça te saccage les tripes d'apprendre que ce nabot belliqueux et mégalo, pas plus haut que trois pines, a inspiré tant d'artistes, pour devenir devant la postérité le Poulidor des pinacothèques hexagonales. Tu ignores s'il existe quelque part un Christ détendu et souriant ; tu l'as toujours vu renfrogné, impénétrable ou résigné ; sur la croix on le comprend, il n'est pas là pour rigoler, mais s'il était fils de dieu, loin d'être affligé, il devrait se réjouir : cette posture, fort inconfortable, tu le concèdes volontiers, n'est-elle pas le glorieux couronnement de sa mission sur terre, sauver les hommes ? Boris Vian a osé se moquer du Christ gigotant sur sa croix et râlant… contre son père, pour ne l'avoir pas arraché au supplice, et maintenant il meurt pour des clous. Soit, mais dans toutes les autres scènes, prêchant, bénissant, guérissant, consolant, miraculant il devrait être serein et heureux ; non, il a toujours le même visage rébarbatif, fermé, rien qui ressemble à de l'amour ni même à un soupçon de compassion ; même quand il fait du bien, il a le masque, il souffre. Visiblement sous influence, les peintres, soit à leur insu, soit soucieux de déployer un zèle dévot qui leur soit profitable, travaillent à ne pas s'écarter de l'orthodoxie en reprenant à leur compte la vision désespérante que véhicule avec constance la morale chrétienne : le corps est un objet de honte et de haine, la vie terrestre une vallée de larmes ; si le Christ fait la gueule, il le doit à sa nouvelle condition. Dieu fait homme, quelle farce ! Et même s'il y a cru, aujourd'hui il sait l'imposture ; ce bougre-là ne peut qu'afficher le visage de l'accablement et de la douleur : il connaît le lot des êtres finis et imparfaits, il est homme.

Carpaccio n'adhère pas à cette vision négative : presque souriant son Christ est le plus serein que tu aies rencontré : bien en chair, il respire la santé, la jupe relevée suggère ce qui se trame sous le drapé bosselé : voilà de quoi revigorer le regardeur qui serait tenté d'assigner une connotation érotique à plusieurs objets, les statuettes étrusques alignées dans une verticalité affirmée, la Vénus affublée d'un appendice phallique, le jet de matière jaillissant de la mitre, le coquillage vulvaire et le martinet. Quel martinet ? Patience. Le yad, que la main gauche d'Augustin s'apprête à saisir, apparaît en soi comme un symbole d'œcuménisme, mais, est-ce encore un hasard ou un effet pervers de la perspective, prolongé par un ruban ou un lacet de cuir, il se transforme en martinet, destiné à d'autres travaux qu'à l'austère exégèse. Par la foi dans les valeurs de l'humanisme et le refus d'une conception masochiste du séjour sur terre qu'il communique, à quoi s'ajoute sa sensualité foisonnante, le tableau de Carpaccio est avant tout un hymne à la vie. À regarder la Vision de saint Augustin on redevient beau, humain, spirituel.

Il y a quoi pour survivre à l'horreur de dérouler ses gammes de frustration et de solitude? Les passions, quel qu'en soit l'objet. Bien avant les philosophes modernes, Sénèque déclarait que l'homme est par nature forcément esclave; l'espoir même qu'on définit souvent comme le moteur du mouvement et de la vie, est un esclavage : « omnes spei serviunt ». Voilà qui a dû réjouir Cioran, un maître français de l'imprécation. Tu voulais aimer et servir Milena, la soigner, essuyer ses larmes, l'aider à vivre, l'admirer, l'étreindre. Naufrage. Que reste-t-il quand vieux tu es privé de cet essentiel-là, pour mettre un baume à ce désastre? La révolte, l'écriture, la télévision et l'alcool! L'écriture, pour donner corps à la révolte, la télé pour devenir con, l'alcool pour oublier qu'on l'est devenu. Tu es maintenant souriant et disert, ô prodige, quelle métamorphose! Sans aller jusqu'à répandre autour de toi une franche gaieté, tu ne casses plus l'ambiance avec ta rogne à fleur de peau; tu éprouves même pour les vieux cons comme un brin de tendresse, tu leur pardonnes, tu t'aimes, tu raimes à la folie ta magicienne, tu veux t'endormir dans les bras de Milena, ton île au loin des miasmes trembleurs qui s'exhalent des chairs consumées d'amour, « tu as des gestes de chef d'orchestre quand tu t'animes en parlant », disait-elle, atavisme poignant, tu ne te connaissais pas cette qualité, mais pour diriger quoi? une partition vide; même en rêve il y a des choses qu'on ne veut pas, qu'on n'ose pas entendre. C'était pendant la moiteur d'une profonde nuit, Milena était là; où, quand, comment? Les songes ne s'encombrent pas de l'anecdotique, dont s'engrossent les romans. Elle n'avait pas vieilli, exactement comme dans les

Fraises sauvages ; elle te prend la main, la serre avec vigueur et t'entraîne faire un tour dans la campagne. Dialogue. « Ça fait bientôt quinze ans que j'attends, que j'espère que nous vivrons ensemble ; qu'est-ce que tu en penses aujourd'hui ? – Je peux te le dire… », c'est à cet instant précis que tu t'es réveillé, nauséeux, démoli, saigné au centre, tu avais lu la suite dans son regard. Tu ne souffres pas quand tu as bu, tu te sens en pleine forme, une musique échevelée cavalcade dans ta tête, du Wagner sous amphétamines, tu as les testicules compacts, à l'instar des Croisés sur le retour au pays après des années de guerre sainte et de continence, farfouillant en pleine caracole sous leur baudrier pour vérifier s'ils ont toujours la clef, tes yeux draguent la vie qui pétille alentour, tu aimes les poulpes et les baleines, tu as quelque chose de Maldoror, « ô poulpe, au regard de soie, dont l'âme est inséparable de la mienne, toi, le plus beau des habitants du globe terrestre et qui commandes à un sérail de quatre cents ventouses », tu te balades en compagnie des pendus de Montfaucon, qui n'ont plus souvenance de leurs yeux « cavés », de leur chair « becquetée et noircie », allant à la rencontre des joyeux drilles de l'obitoire, tu es fier d'avoir chamboulé ta vie en franchissant la ligne rouge de l'attente sans espoir, te voilà dans les rues de Prague, au milieu des chevalets qui s'emplissent de rêves, les tiens, vous allez connaître le goût de la papaye verte, vous flânez dans un parc planté d'essences exotiques, tu marches avec Milena dans les ruelles de Venise, vous sirotez un thé au jasmin sur la place Santa Margharita, vos mains sont enlacées, temps suspendu, prélude à l'étreinte pourpre du Flora.

La folle de Saint-Marc

Elle déboucha sur la place Saint-Marc et s'immobilisa aussitôt, comme assommée par l'espace incandescent qui s'offrait à elle au sortir de la ruelle.

La place était presque déserte à cette heure où les touristes s'accordent volontiers une pause alimentaire, que ne respectait manifestement pas un groupe compact de touristes japonais gesticulant au milieu d'un parterre de pigeons obèses, ces rats à plumes luisants de suffisance qui s'occupent avec zèle à conchier la pierre séculaire. La silhouette de la femme défiait le marbre lisse et clair; elle fixait tour à tour les arcades, côté Florian et côté Quadri, les abords de la basilique, le quai qui miroitait au bout de la Piazzetta, y revenait sans trêve, fouillant chaque recoin susceptible d'abriter une présence, ses longs cheveux accompagnant les mouvements de tête convulsifs, comme des algues assujetties aux remous d'une tempête qui se déchaîne en surface. Pétrifiée de solitude, elle guettait, tanguait, scrutait. Mais personne ne s'approcha pour apaiser d'un bras chaleureux la chevelure agitée, personne ne vint prendre sa main pour calmer sa fièvre. C'est lorsqu'elle croisa le regard du marchand de graines qu'elle se détourna brusquement, rassemblant d'un geste nerveux le manteau sombre qui flottait sur un corps que l'on devinait très maigre, et d'un pas saccadé et chaotique elle replongea dans le dédale des ruelles, mais au moment même où elle allait être happée par l'obscurité, elle infléchit sa course, s'arrêta, pour une ultime noyade dans la clarté trompeuse : une résignation lourde et douloureuse avait éteint le regard halluciné. Qui était-elle ? Que venait-elle chercher avec tant de farouche détermination ? Qu'attendait cette folle au visage délavé par les embruns lagunaires ? Personne ne semblait la connaître ni lui prêter attention, sauf le gros marchand de graines qui à chaque apparition semblait l'observer sournoisement ; il se pouvait que sa raison sociale déclarée masquât son véritable métier, collectionneur de regards perdus.

Était-ce la même femme qui un mois plus tard se postait le matin contre la balustrade du pont de l'Académie et s'attardait des heures en mangeant l'horizon de ses yeux recrus de leurre, bien au-delà de la pointe de la douane, ou qui errait en fin de journée sur le campo Santa Margharita ? Vraisemblablement, mais le doute subsistait, parce que sans son ample chevelure d'algues, dont il ne restait plus que quelques touffes hirsutes réchappées du saccage, elle apparaissait tout autre. Elle déambulait, mue par des foucades énigmatiques, dans une sorte de ballet ininterrompu de pas à la fois glissés et heurtés, se parlant à elle-même, mais si doucement qu'elle ne dérangeait pas l'ordre immuable d'une place populaire, toute en longueur, rectangle assez étroit s'élargissant irrégulièrement dans sa partie sud, bordée de vieux palais lépreux et d'immeubles aux couleurs ternies que seuls les glacis lumineux de Giorgione parviendraient à magnifier, lieu magique préservé des hordes touristiques, où les groupes se formaient et se défaisaient sans cesse au gré des urgences domestiques et des retrouvailles du jour : des vieillards encore verts s'activaient auprès de leurs petits-enfants pour les soutenir sur un tricycle, renvoyer un ballon ou tempérer une querelle naissante, des mères affublées des cartables de leur progéniture prolongeaient à loisir leur récréation vespérale en de gais bavardages, des jeunes gens sabraient le champagne autour du puits central pour fêter le succès universitaire, les fiançailles ou le retour à la vie civile d'un des leurs, des chiens terminaient l'examen des reliefs du petit marché quotidien.

La folle évoluait avec aisance et naturel comme douée de transparence, sans attirer les regards, ni susciter de signes visibles de curiosité ni même de pitié ; tu avais justement deviné, Milena, qu'elle faisait partie de cet univers-là, que les gens du quartier l'avaient adoptée, y compris, comme tu l'apprendrais ultérieurement, la mercière qui, assise le dos tourné aux passants, obstruait pour ainsi dire l'entrée de sa boutique et ne daignait rien voir. Elle était d'ici, de cette place, ce puits, ce kiosque, cet arbre, de ce banc sur lequel, lors d'un séjour à Venise comme étudiante aux Beaux-Arts, tu aimais t'asseoir à la tombée du jour, pour te reposer des courses et des piétinements prolongés. Tout d'abord intriguée, puis bouleversée par la douleur de cette femme qui manifestement n'attendait plus rien ni personne désormais, tu avais surmonté ta timidité et tenté de glaner, à l'aide d'un italien approximatif, quelques informations sur sa vie auprès de certains riverains, le marchand de poissons, le patron du bar à vin, l'employé municipal chargé de nettoyer les lieux après le marché, la mercière, bien renseignée malgré ses airs de n'y être pour personne, et surtout la vieille dame qui avait l'habitude de faire une dernière halte, avant de réintégrer son ennui, sur le même banc, tout contre l'arbre, où tu venais la rejoindre après ton travail, à l'endroit précis où quelques années plus tard serré contre toi, je t'écoutais raconter l'histoire de la folle de Saint-Marc. Quand elle cessa subitement de hanter le campo Santa Margharita, les habitants du quartier ne furent pas autrement surpris, comme s'ils s'y attendaient ; c'est que l'excentricité d'autrui, contrairement à certaines idées reçues, loin de perturber les endurcis de la vie routinière, les fascine le plus souvent, parce qu'elle est une sorte de creuset propre, en réveillant des rêves inassouvis, à leur révéler ce qu'ils ont failli à vivre. Un témoin affirma qu'il avait aperçu la femme du côté de Torcello, debout sur une barque, qui se frayait un passage entre les îlots de la lagune, où prolifèrent les plantes halophiles sous le couvert desquelles les rousserolles nidifient, vastes bandes de terre qui dessinent un horizon si flou en automne qu'on ne distingue plus le ciel et la mer, avant de se confondre avec les marais. D'après ce témoin, les deux silhouettes qui se détachaient de ce paysage uniformément gris auraient pu correspondre à celle, courtaude, du marchand de graines cramponné à son aviron et à celle, mince et hiératique, de la folle.

Que lui était-il arrivé ? Presque rien, mais ce rien est le tout du monde pour un être sensible ; un mercredi noir avait détruit son rêve, le rêve de vivre heureuse avec l'homme qu'elle aimait, et qui l'aimait, une histoire simple qui, toute banale qu'elle était, se mua en tragédie : l'homme qu'elle aimait disparut du jour au lendemain sans explication ; disparition volontaire ? Elle n'avait pas décelé le moindre signe avant-coureur de cette décision funeste et par la suite ne reçut aucune lettre ; involontaire ? Nul fait divers ne vint accréditer l'hypothèse d'un quelconque accident mortel, le corps de cet homme ne fut jamais retrouvé. A-t-il seulement existé ? Elle attendit, questionna, guetta, attendit encore et sombra. Blessure mortelle à l'âme, cancer aux tripes qui ne reçut jamais guérison ; elle devint automate, le corps ne servant plus qu'à balbutier des spasmes de survie.

Perdue, elle est perdue. Souvent elle s'assied sur la pierre, au bord d'un canal, fixe longuement le scintillement vert sombre, ou prend racine sur la margelle d'un puits, elle interroge le gouffre silencieux, endormissement bienfaisant. Elle se regarde vivre, marcher, rire même, mais ce n'est plus elle ; cette fêlure par où elle se connaît dépossédée d'elle-même, personne ne semble en mesurer la gravité, sauf quelques proches aux antennes plus subtiles qui s'effraient de son absence. Le plus souvent elle erre dans les rues comme une folle, observe avec indifférence tout ce qui naguère la faisait frémir, sourire, vibrer. Elle attend un déclic, la vie s'emparerait d'elle à nouveau, comme une vague venue de loin qui la ramènerait sur le rivage. Calme apparent, torpeur lourde pareille à celle qui plombe une vallée encaissée avant les premiers frémissements de l'orage. Dans la vie quotidienne, gestes encore souples et sûrs, la machine est bien rodée. Ceux qui la connaissent n'essaient pas de forcer le barrage, ils se contentent de regards et de silences croisés ; comme elle ils attendent que ça passe ; ça finit toujours par passer ? Seul l'enfant parvient à la frôler là où elle s'est réfugiée, confiant que pour lui elle reviendra à son sourire, à son odeur, à sa peau. Le jour où tout a basculé, c'est loin, elle a maintenant l'habitude de cet état. Le visage éteint que lui renvoie l'eau du canal lui est devenu familier ; ce n'est plus le sien, mais elle sait qu'un jour elle se retrouvera, ou plongera au fond de l'abîme ; une autre vie alors l'investira.

Nul ne revit la folle de douleur après cette sortie en mer fantomatique. Peut-être a-t-elle souhaité que son cousin, le marchand de graines, la dépose sur l'île de Saint-François du Désert, nommée la silencieuse ; il est possible aussi qu'elle ait trouvé refuge à l'abri des hommes dans l'ancienne léproserie parmi les paons et les asters, ou qu'elle ait choisi Lazaretto Vecchio comme ultime décor où clamer son absence au monde, pour se fondre avec les chiens errants et mourir dans les bras humides des algues.

La folle de douleur t'inspirait une immense compassion et tandis que tu évoquais son tragique destin ton blanc visage insensiblement se fermait.

Marie-Anne

Ce que dans ton rêve tu n'as pas osé entendre de la bouche de Milena, tu t'en serais foutu de l'entendre en direct de Marie-Anne ; d'ailleurs elle ne s'est jamais gênée pour t'en balancer des vertes et des acides ; la plupart du temps tu encaissais, en éructant un rire de poulie mal graissée ; mais curieusement c'est ce qu'elle ne dit pas qui te blesse le plus, par exemple des mots gentils et affectueux, quand vous vous promenez, préparez le repas, écoutez votre sonate ou préludez aux ébats amoureux…, plus platement aussi, à la fin d'une lettre ou d'une conversation, le très banal « je vous embrasse » ; la délicatesse minimale est ton domaine réservé : aussi conclues-tu volontiers au téléphone par ladite expression, sans y adjoindre l'adverbe tendrement, condamné au bannissement, après quelques mois, pour excès de sensiblerie. Tu attendrais en écho le fort peu compromettant « moi aussi », ce qui à la lettre signifierait assez cocassement « moi aussi, je m'embrasse », mais elle ne pousserait quand même pas l'amour-propre aussi loin : cette singularité de la langue parlée lui ferait à son insu apporter de l'eau aux moulins de Pascal, qui s'applaudirait qu'une occasion supplémentaire lui soit donnée de fustiger la vanité humaine. Tu entends un simple oui, rien de plus, quand ce n'est pas un phonème non identifié, impossible à transcrire, dont l'interprétation est malaisée. Ce oui, s'il ne dit rien d'elle, puisqu'il se contente de confirmer ce qu'elle vient d'entendre, « oui, vous m'embrassez, ok, j'enregistre », est pourtant doté d'un champ sémantique très riche. Car il s'énonce selon des modulations et des nuances variées : sans être un technicien du son à l'oreille exercée, tu es plutôt un olfactif, tu as relevé quatre intonations distinctes, que l'humeur du moment sélectionne. Il y a le oui aux inflexions caressantes, la femme est touchée, semble au diapason de ton propre émoi, sans pour autant s'épancher jusqu'au « je vous embrasse, moi aussi ». (Pour mémoire, bises, brutal comme un coup de vent sur un volet mal fermé, pourrait claquer à la place, mais il détonnerait et sortirait du cadre de ces variations). Le deuxième oui est un oui qui s'étire à plaisir, comme une petite musique de contentement marquant l'approbation, la femme est flattée, roucoule à petit bruit. Le troisième, beaucoup plus bref, dénué d'amabilité a pour effet de plomber l'atmosphère et de couler en toi le froid et le désappointement, parfois un début de souffrance, la femme se moque que tu l'embrasses. Le dernier de la série (il s'agit d'un son tirant sur le é sans jamais s'ouvrir jusqu'au très vulgaire ouais, inconnu d'elle) très sec, exprime l'impatience et l'agacement, coupe court à toute velléité de prolonger le dialogue, c'est le oui guillotine, mais paradoxalement il fait moins mal que le précédent, car il provoque un prurit de rébellion, amorce un possible ressaisissement salutaire; inutile cependant d'essayer de riposter en grommelant, en aurais-tu seulement le loisir, un « gèle ton bec, Xanthippe », elle s'en charge elle-même, elle n'a pas de temps à perdre, elle a raccroché.

La visiteuse

Le fragment qui suit vient clore, ouf, les dissertations relatives à tes pénates ; tu plaides non coupable, parce que ta copine t'avait singulièrement tapé sur les nerfs. « Pourtant la maison, c'est la troisième peau, ça vit, ça transpire, ça sent », aurait pu alléguer la Xanthippe d'opérette, si elle s'était trouvée en mesure d'intervenir dans ton récit, faisant judicieusement allusion à la fameuse odeur sui generis perceptible dans tous les lieux confinés, qui saisit, le plus souvent désagréablement, les narines des visiteurs.

Ça sent le renfermé, se dit-on, sans pouvoir déterminer ce qui titille son odorat, et pour cause : chaque maison est le réceptacle d'un essaim d'odeurs disparates, sécrétées par les travaux, les mouvements et les humeurs de ses occupants, fumets culinaires, aérosols d'ambiance, produits d'entretien, braises en sommeil, fragrances de toilette, remugles de tabac refroidi, sueurs âcres, abandons corporels, larmes vouées au scalpel des rêves avortés..., chaque odeur spécifique si tenace et rebelle à la grégarisation qu'elle soit, se diluant tôt ou tard dans le conglomérat indistinct sans cesse enrichi, aussi inexorablement qu'un individu perd son âme à fréquenter une église, un parti, un clan ou une académie, qui, accrochées aux trains invisibles de poussière, se déplaçant au gré des brises et des bises locales, se déposent sur les murs, les tissus, les livres, les bibelots, les tableaux et les meubles, et forment au fil du temps, selon une alchimie complexe, une patine olfactive incrustée partout, inséparable des habitants qui n'en sont pas incommodés puisqu'elle fait intimement partie d'eux-mêmes, offerte pourtant à l'exploration des étrangers qui, s'ils se montraient attentifs et patients, trouveraient peut-être les mots pour caractériser et célébrer ce chef-d'œuvre inconnu de ses auteurs.

Il faut croire que, puisque tu n'avais pas remarqué le moindre signe de rétractation nasale chez ta vieille copine, peux-tu néanmoins te fier au témoignage de tes yeux en chute libre d'acuité, au moment où elle franchissait le seuil, ta maison, traversée de courants d'air depuis le début de l'été, n'avait gardé de sa patine qu'une trace imperceptible.

Marie-Anne

Les esprits anxieux souvent s'obnubilent sur des faits ou des objets accessoires, futiles même, et aussi déraisonnable que cela puisse paraître de l'extérieur, cette faiblesse est une source lancinante de tourments sévères. C'est ainsi que depuis la rupture d'avec Marie-Anne tu es obsédé par la nuisette en soie rouge qu'un beau jour, le cœur en fête, comme chaque fois qu'elle te chargeait d'une mission semblable, avec l'ardeur et la ferveur des preux chevaliers d'antan à la poursuite du Graal dont ils espéraient que la conquête déverrouillerait la pudibonderie de leur dame, tu lui offris, l'esprit bien plus quiet que ces raides cavaliers, car ta dame n'était pas bégueule. Tes yeux le matin des jours heureux s'enchantaient de la voir ainsi parée, « je ne la mettrai qu'ici, gardez-la chez vous », avait-elle souhaité. Et aujourd'hui l'image de la chemisette rouge bourrèle le vieux claquemuré hors de proportion avec ce que ce bout de tissu représente objectivement. Quand ton esprit se met à vagabonder, à rouler des souvenirs de corps étreints, de thé au lit, de désordre matinal, à rêver de chambres et de partance, la chemise rouge, que tu ne te résous toujours pas à jeter à la poubelle, te taillade à cru.

Milena

T'en souvient-il, il y a longtemps, c'était la première fois qu'elle venait chez toi ; jusque-là deux ou trois rencontres fugitives, qui avaient suscité un désir lancinant de la revoir. Elle se trouvait là, irréfutable et douce, ta modeste maison se métamorphosait au rythme de ses pas en plateau de tournage parsemé de spots ; tu la regardais, magie de son sourire, elle faisait peu de commentaires, mais à chaque inflexion ton cœur s'alentissait, tu désirais que son épaule s'arrondît au contact de tes doigts, que sa main se nouât à la tienne, prudence, pas de geste intempestif, des amours sont mortes nées pour moins que ça. Tu as machinalement effleuré l'empreinte d'elle laissée sur le cuir du fauteuil où elle s'est assise quelques minutes, le temps de regarder, d'un air narquois ou attendri, déchiffrer la nature féminine n'est pas ton fort, l'accumulation des bronzes chinois sur le bahut et les tableaux représentant des vues de Venise. Au moment où elle passa du couloir au bureau, qui ignorait à cette époque-là à quel glorieux usage il était destiné, tu désirais toucher les blanches joues et les cheveux très noirs ; dans ses yeux, légèrement bridés, une lueur d'étonnement ou de gratitude, là aussi le mystère reste entier.

Sa douceur te traverse comme un cri, il faut incontinent te rapprocher de ce cri, retenir ce corps fragile, capturer ce sourire, sceller sur sa bouche ce moment de grâce. Éblouissement crispé ! À l'horizon de ces secousses dont tu avais presque perdu le souvenir, la souffrance, peut-être : perdu d'angoisse, elle si jeune, avec ton look de vieux ressasseur de culture morte, front cordé de veines lie-de-vin, crâne calvitieux, torse bancal, lunettes rondes à gros calibre optique, corps quelconque, tu t'imaginais la perdre, avant même qu'un soupçon de relation intime ne s'ébauchât entre vous ; tu la perdais, noires les cohortes du malheur vrillaient tes tempes. Intérieur-nuit : un cataplasme de détresse assèche tes muqueuses, ton corps se tasse un peu plus ; c'est raout là-dedans pour les vers en ribote.

Revenu à toi, tu te remets à l'écoute de la voix mélodieuse qui cicatrise la plaie braillarde du cauchemar entrevu et, comment que ça se bouscule dans tes fibres et tes neurones pour attiser les soifs oubliées, ouvre grands les portiques du rêve :

parcourir à loisir les blancs rivages de son corps, respirer sur sa peau les chuchotements de la tendresse partagée. Ouvrez les bras, l'amour naîtra du partage !

Abou Simbel

« Il voyagea. Il connut la mélancolie des paquebots, les froids réveils sous la tente, l'étourdissement des paysages et des ruines, l'amertume des sympathies interrompues. Il revint. » Ce raccourci décapant de Flaubert dénonçant l'inanité absolue du voyage, auquel il n'accorde même pas une quelconque vertu de divertissement, est saisissant. Ce scepticisme n'est pas nouveau ; certains moralistes anciens, que sur ce point Montaigne n'a pas suivis, « je ne sache point meilleure école à former la vie », le stigmatisaient déjà comme une vaine fuite en avant qui ne comblait en rien le vide intérieur ni ne pouvait, sinon temporairement, soustraire au mal de vivre ; ils ont beau dire, tu t'entêtes à le tenir pour un des plus solides piliers de survie. Quoi qu'il en soit, ratiociner sur le sujet n'est plus de saison pour toi : depuis peu trois mots t'obsèdent, tu es vieux ; vieillir, c'est peupler les cimetières de ses rêves avortés. Raison pourquoi une simple phrase, si pertinente qu'elle soit, ne sonnera pas le glas de ton goût pour les voyages : gaspiller les trop rares rêves qui t'habitent encore serait stupide.

Autrefois les rêves étaient légion; vigoureux, variés et disponibles, ils s'égaillaient au milieu de larges avenues ensoleillées et offraient à tes aspirations une palette inépuisable; l'affluence était telle au tourniquet que tu n'avais qu'à tendre la main à la première frimousse avenante. Aujourd'hui la source est tarie, les derniers survivants se recroquevillent faméliques dans les encoignures de ruelles obscures; il est impérieux de les maintenir en vie. Tu rêves de visiter Pompeï, Palmyre, de danser une valse à Saint-Pétersbourg, de revoir Pétra, en compagnie de Milena, de rire une nouvelle fois, avec elle, à la montée des eaux envahissant la place Saint-Marc, et si le destin, dans sa chicherie, ne t'accordait qu'un unique envol, malheureusement assez improbable, puisqu'il faudrait que tu vives encore longtemps, au nom de quoi, de ce rêve ? et que dieu te prête vue jusque-là, te rendre avec elle à Abou Simbel en 2023, à l'occasion de l'éclipse totale du soleil, le plus beau spectacle du monde au milieu de vestiges sublimes sous le regard de la femme que tu aimes, quoi de plus éblouissant pour le dernier voyage, rester là-bas et mourir dans le désert; tu connaîtrais ce que la Parque vacharde a refusé à Théodore Monod : « je suis sensible aux calmes beautés de la dune, à cet étonnant mélange d'arêtes et de modelé, de brutalité et de tendresse, de vigueur et de courbes, de minéral et de féminin ».

Milena

À ceux qui se déclaraient impatients de lire ton troisième livre, leur amitié est attendrissante, tu répondais invariablement que tu n'écrivais plus. C'était un mensonge, car toutes ces pages transfuges de ta correspondance virtuelle avec Milena, c'était en réalité de l'écriture, en dépit de leur improbable publication. Recrue assidue de la pensée unique, tu croules sous le trop-plein d'images inspirées par ta souveraine, tournes et retournes souvenirs, espoirs, colères, mirages, déceptions et découragements, tu les remodèles au fusain de la vie rêvée avec elle, noircis maints feuillets de mille pattes de mouche, qui requièrent par la suite un austère travail de bénédictin pour être décryptés, tu corriges ces gribouillages, compulses les dictionnaires, élagues, récris sans relâche, car tu es un besogneux, jusqu'à ce que le chant de l'amour palpite sous la chair des mots choisis pour dire sa lumière, mots alignés, quadrillés, qui désembuent ton esprit, désenchaînent ta vie, désembourbent ta peine, tu affines la trame, les pans vermoulus de l'ouvrage s'effondrent sous les coups de ton burin infatigable, tu gouaches les scories et les dissonances, apures encore, tu te souviens du bonheur avec elle dans l'oasis ocre de Santa Margharita, tu recomposes la dentelle des ruelles et des canaux entrelacés, aquarellises la beauté de Milena entrée par effraction dans la pensée de saint Augustin, blancs parchemins où ruissellent les eaux vives du rêve ; sur le papier avec ton bic, comme le ferait ta bouche sur sa peau, tu écris son nom, tu écris ta peine captive du tuf de votre histoire inaccomplie.

Tu as des visions de veines tranchées et de baignoire emplie de sang ; faudra-t-il également sectionner les veines poplitées et ajouter de l'eau bouillante pour accélérer l'écoulement, comme à Sénèque condamné à mort par Néron ? Rien à craindre : tu n'es pas philosophe et ne possèdes pas d'esclaves. Tes membres s'engourdissent, tes yeux gambillent, ton cerveau se peuple de tégénaires, ta vie fout le camp ; quel embrouillamini ! C'est la mort de Socrate que tu évoques maintenant, quand il décrit les progrès lents de la ciguë. Baste, ça tue pareil ! Tout t'obsède et te blesse aujourd'hui : l'hiver, la logorrhée crapoteuse des politiciens en livrée, l'éclat du soleil, Jean-Sébastien Bach, le mystère féminin, la pluie, la barbarie qui se pare du manteau de la foi, les sorties en ville, ton enfance vide de suc et de poésie, le corps supplicié de Djamila assassinée dans un hangar algérois par le baroudeur-tueur borgne, ton livre en panne, la solitude, les torpeurs caniculaires, le souvenir de ton fils prostré devant la fenêtre, sa tête et ses poings s'y écrasant, l'imposture religieuse, ton corps sous tenailles, la souffrance de Milena, le relent du monde…

Milena

Souvent tu te réveilles de bonne heure carbonisé par le désir, ta pensée est toute occupée à recomposer Milena, tendre bémol au clavier de ton hiver, ton île au loin, ta séparée, tes muscles sont raides, dure ta poitrine, durs ton ventre et ton sexe, tes yeux encore plombés de somnolence retiennent cet instant propice au rêve éveillé ; invasion-panique, un cri muet désintègre les murailles de l'absence et son visage nimbé de douceur au cœur des parpaings désagrégés éblouit ta rétine, elle est nue, blancs ses bras s'ouvrent et t'attirent dans sa bulle parfumée, son corps se vêt des vocables insensés qui se murmurent au bord de la fontaine entrebâillée, elle est belle, sur ses lèvres la tendresse pour se dire n'a pas besoin de mots, elle te soude à elle et te maintient immobile, tu te souviens des chavirements lents de la chambre rouge du Flora, la prison contre sa peau se rêve à perpétuité, corps médusés, douce sous dur. Quelle sera la saloperie ce matin qui viendra rompre le charme et vriller la ruine de la musique des corps ? Un aboiement intempestif, un claquement de portière, la première lueur du jour à travers la croisée, un éclat de rire, une bourrasque de pluie ? Et te voilà rendu au garrot de son absence, te revoilà dans la nasse le nez collé au bol d'inanités à moudre, tu redeviens le nabot rabougri séparé d'elle, ton corps en nuit s'ébroue, se déplace d'ahan avec son nom qui palpite sur tes lèvres bâillonnées, grince des lombes et des rotules, l'automate s'ébranle, clopine pour nulle part, ça se cogne où elle n'est pas, ça baise le néant, ça veut s'y finir.

Tu te souviens de son émerveillement muet devant les tableaux de Carpaccio.

Augustin

Une assiette de spaghettis à l'encre de seiche arrosée d'un demi-litre de Valpolicello en pichet, ça embrouillarde juste comme il faut le cerveau, pour mettre en veilleuse les idées noires durant quelques heures. À peine as-tu franchi la porte de ton restaurant fétiche, situé non loin de la Chiesa dei Apostoli, Cannaregio, tu reçois en pleine figure une averse d'huile bouillante sèche. C'est la saison. Rien pourtant qui puisse te dissuader, nonobstant le tangage interne, de marcher crânement jusqu'à la Confrérie dalmate, Castello, pour une ultime visite ; ta casquette ad hoc, munie d'une longue visière, tempérera l'agression de la lumière. Direction sud-est. Tu as le choix entre deux itinéraires théoriques : le plus direct à vol de pigeons, référence obligée à ces répugnants volatiles dotés d'un ventre en guise de cervelle, et le plus long en projection sur le plan, via San Marco, le quai des Esclavons, segment quasi rectiligne, et la remontée vers le nord à la verticale de l'église de la Piété, beaucoup plus sinueuse. Un touriste averti sait que les lois de la géométrie euclidienne ne s'appliquent pas à l'évaluation des distances au cœur de la Sérénissime. Soit un triangle quelconque : quelle que soit sa configuration, la somme de deux côtés est toujours plus grande que le troisième, a + b > c…, mais à Venise le chemin le plus court est souvent le plus long ; ainsi ton trajet direct, le côté a, risque d'être à lui seul plus long que celui qui comporte le côté b, plongée vers le sud, augmenté du côté c : outre que le « direct » exige de toute façon un solide sens de l'orientation, le lacis complexe des ruelles inflige constamment des changements de direction, des retours en arrière, des butées sur de hauts murs abritant des jardins privés, ainsi que des rencontres avec des canaux perpendiculaires qui barrent la ruelle empruntée en toute confiance parce que rien, l'appellation « calle » servant perversement à désigner à la fois les ruelles et les impasses, ne le signale, si ce n'est, deux ou trois mètres avant le nez à nez avec la veinule noirâtre, un sol détrempé qui, la nuit, pour un promeneur distrait ou handicapé de la rétine, pour peu que dans ses flâneries inspirées il ait usé ses semelles à battre le pavé depuis plusieurs jours, peut entraîner au moment de l'arrêt-réflexe une glissade malencontreuse suivie d'un plongeon fatal dans la vase ; de quoi réviser à la baisse les statistiques relatives aux suicides, qui ne sont le plus souvent que de stupides accidents, dussent les envolées romantiques en pâtir. Mais pour toi il n'y a pas matière à débat cornélien ; les raisons d'opter pour l'itinéraire le plus direct ne manquent pas : tu préfères de loin les entrelacs envoûtants des ruelles étroites bien protégées du soleil aux parcours balisés grand tourisme, de surcroît découverts, et tu te fies à ton sens de l'orientation, bien qu'il t'ait valu par le passé des errances et des égarements mémorables, sans conséquences tragiques toutefois, car le labyrinthe vénitien n'est pas si vaste, on ne s'y perd jamais vraiment. Enfin, quand on est sous assistance éthylique, tout paraît plus facile.

Après une progression sans heurt jusqu'à la place Santa Maria Formosa qui, pittoresque et agréable les jours de marché, est aujourd'hui tout à fait inhospitalière à cause du déchaînement caniculaire, tu t'engages presque sûr de toi dans la ruga Giutta, une occasion de relever l'insolite dénomination de cette voie, quasi unique, du latin ruga, ride, qui a naturellement donné le français rue, alors que l'italien a adopté partout, sauf à Venise, le mot via. Chemin faisant tu te sens envahi par une sensation de plus en plus oppressante, comme si la ville ne se ressemblait pas ; une atmosphère étrange en modifie l'aspect, la respiration ; serait-ce parce que les rues sont désertes ? L'heure, la chaleur et le quartier, peu fréquenté d'ordinaire, suffiraient à expliquer cette anomalie ; il s'agit plutôt de quelque chose d'indéfinissable qui a pour effets de bomber le décor et d'intensifier la lumière ; le Valpolicello n'est peut-être pas étranger à cette impression. Tu reconnais soudain, après quelques zigzags, le quai Osmarin, une petite merveille d'authenticité, bordé de palais modestes aux murs violacés comme des pans de peau trouée d'escarres. Tu savoures l'instant, car tu pourrais à partir de là te rendre les yeux fermés, ce serait de circonstance, jusqu'à l'École Dalmate, par le pont des Grecs. Ça y est, tu aperçois l'église si convoitée, mais un doute sournois t'étreint : personne alentour, en tout cas tu ne distingues pas le moindre signe de vie devant la façade qui semble avalée par une immense voilure de lumière crue laiteuse, comme dans les pires cauchemars des habitants d'Arrakis.

Épuisé, pris de vertiges, tu manques étoiler le pavement de tes spaghettis arrosés d'umbra; atterré à la pensée d'être contraint de rebrousser chemin sous ce déluge de feu, tu t'assois sur le marbre brûlant du minuscule parvis; il faut en priorité te débarrasser de toute cette sueur, front, tempes, yeux, lunettes... et respirer. Te voilà probablement confronté une fois de plus à une fermeture sauvage, mais une autre voix intérieure l'emporte sur ton fatalisme ordinaire : tu te diriges vers le portail, audaces fortuna juvat, et le pousse sans grande conviction; il s'efface de bonne grâce, comme s'il n'attendait que toi, et la porte capitonnée n'oppose pas plus de résistance. L'homme est une machine admirable, vous le savez : il passe en un éclair du désespoir à l'allégresse; tu es cet homme maintenant, léger et apaisé.

L'obscurité à couper au couteau (...) établit un contraste si violent qu'un bref instant tu te crois atteint de cécité, courte suée d'angoisse. Tu esquisses avec tes bras des moulinets problématiques, afin de réapprivoiser ce que ta mémoire te restitue des lieux, la table à gauche toute proche, l'alignement des bancs, les grands candélabres... Le complet silence qui continue de régner, alors que de longues secondes se sont écoulées depuis ton entrée, t'intrigue : elle aurait dû alerter le préposé rondouillard, tel qu'en lui-même l'ancienneté au poste charge son embonpoint, qui tient pour moitié du bedeau et pour l'autre de l'ecclésiastique, à cause de l'onction. L'obscurité progressivement devient pénombre, mais le silence absolu persiste; tu uses d'un stratagème vieux comme le cinéma parlant, à ton sens plus élégant, sinon plus discret, que le comique « y a quelqu'un ? » pour signaler ta présence, un toussotement étudié : s'il sacrifie à la sieste, ça pourra l'arracher aux bras de Morphée, sinon, en cas d'infarctus, le malheureux continuera de gésir au fond de la petite sacristie. Tu rejoues une gamme de toussotements sans plus de résultat : le silence de mini-cathédrale demeure. Cette plongée dans l'obscurité et le silence, que l'absence de repères sensibles éternise, cesse peu à peu de te paraître étrange, du moins, si étrangeté il y a, est-elle d'une autre nature que celle qui emplit de terreur; à se prolonger elle te devient même familière, jusqu'à faire naître et entretenir le sentiment confus qu'une chance s'offre à toi, qu'il ne faudrait surtout pas dédaigner ni gâcher, de vivre quelque chose d'extraordinaire, comme d'atteindre des rivages inconnus après une longue dérive. Cette situation insolite finit par s'imposer à ton esprit comme une réalité devenue tienne, qu'il t'incombe d'assumer pleinement, afin de ne pas décevoir l'attente des agents mystérieux qui t'ont amené jusque-là; quels qu'ils soient, l'intuition masculine n'est pas née de la dernière pluie, ils te veulent du bien : tu n'as plus qu'à te laisser porter avec confiance vers ton destin. Si bien que, en optimiste avéré, sans qu'aucun scénario prémédité n'ait effleuré ta conscience, tu effectues un demi-tour droite parfait et te plantes devant « ton » tableau, certain que la marge d'erreur est infime, parce que ta passion pour ce chef-d'œuvre t'aurait irrésistiblement aimanté vers lui, même si par jeu on t'avait bandé les yeux. Tout à coup, sans le moindre bruit avant-coureur de pas ou de commutateur, jaillit la lumière, la même lumière tamisée qu'à l'accoutumée, insuffisante donc, dont il faut pourtant s'accommoder, puisque, indifférence, précaution, lésine ou respect du sacré, le conservateur en a décidé ainsi. Effarement! Tu écarquilles les yeux, leur témoignage est aléatoire, c'est bien connu, celui des tiens surtout, tu les frottes vigoureusement sans ménagement pour la cataracte qui s'y tisse, l'évidence est là, ce n'est plus le même tableau. Une émotion paroxystique te liquéfie et t'exalte à la fois, ébranlement de force dix sur l'échelle de Herrmann : au premier plan, occupant la partie gauche, assise sur le fauteuil clouté d'or, sourire léonardien aux lèvres, corps balthusien, robe blanche, Milena te regarde.

Le petit chien et le cartouche ont fait les frais du chambardement ; le cartouche a disparu et l'animal a dû changer de place : obligatoirement dérangé au passage par le fauteuil traîné, en toute logique, par Milena (où qu'elle s'introduise, sa spécialité est de semer le désordre) jusqu'au bord du tableau, après son entrée subreptice dans le cabinet de travail, le lion de poche, loin d'en éprouver un quelconque ressentiment, parce que le dédain de son maître l'écœurait à force, s'est volontiers démis de sa charge de gardien de son âme, et le voici maintenant couché aux pieds de l'invitée-surprise, queue frétillante, truffe mignonnement posée sur les orteils nus d'elle ; il augure qu'un sort plus doux lui est réservé. Bien que tu aies les yeux braqués sur Milena, tu devines à la frange de ton champ visuel que les jeux contrastés de la lumière sont bouleversés ; une langue d'ombre au centre est fortement étrécie et écornée, tu n'oses imaginer pourquoi : nouveau séisme intérieur, de moindre amplitude quand même eu égard au choc initial, tu imagines pourtant et puises dans l'extravagance prévisible de la révélation à venir la force de t'arracher à la fascination où le visage de Milena te tient captif. Tu tournes la tête vers la droite ; Augustin a déserté sa table de travail, tu l'aperçois au fond, qui s'est réfugié dans la niche de son Christ.

Du flot de questions qui se bousculent en toi deux émergent, incontournables, qui n'en sont peut-être qu'une ; l'enquête le déterminera. Comment Milena a-t-elle pu entrer dans les appartements d'Augustin et pourquoi l'a-t-il laissée faire ? La réponse à la première va de soi. Tous les amateurs de science-fiction savent qu'il y a un certain nombre de brèches dans le continuum espace-temps : Milena, profitant d'un angle de pénétration favorable, s'est engouffrée par l'une d'elles et installée chez Augustin. C'est clair. Encore fallait-il qu'il ne se rebellât point et consentît à l'intrusion ; le saint homme avait en effet de quoi voir rouge, poser son calame, s'interposer, prononcer les formules usuelles d'exorcisme, jeter l'anathème et en dernier recours saisir le martinet pour la fustiger et la chasser ignominieusement; il se leva certes, l'a-t-il regardée en face ou juste entraperçue, ont-ils échangé quelques mots ? mais pour se cacher et sangloter dans le giron christique. Pourquoi ? Pour accomplir la volonté de dieu et apaiser sa conscience, ou inversement. La série lexicale brèche, fissure, faille, fêlure, blessure, qui met en œuvre de subtiles nuances où le propre et le figuré s'entremêlent donne la clef de l'énigme : la brèche ouverte dans le continuum est la matérialisation d'une blessure infermée dans le cœur d'Augustin. « Quand on eut arraché de mon flanc la femme qui partageait mon lit, mon cœur où elle était attachée en fut blessé, déchiré et traîna longtemps sa plaie sanglante… » L'auteur de la phrase, qui se sent morveux en l'occurrence, ne précise pas l'identité de ce « on », et pour cause, il s'agit de sa mère. Plus loin : « La blessure ouverte par l'arrachement de ma compagne ne guérissait pas mais, après de vives, de cuisantes douleurs, tournait en purulence. » Tragique confession. Augustin et Floria s'aimaient passionnément, eurent un fils, Adéodat, qui est au latin ce que Théodore est au grec, vécurent douze ans ensemble. Mais la maman veillait au grain. Monique, promue sainte depuis, est-ce pour avoir si bien réussi son coup, ne cessait de le harceler, pour qu'il renonçât à cet amour; elle ne tolérait pas que son garçon eût commerce avec les femmes, encore moins qu'il fût profondément attaché à l'une d'elles en particulier; elle prétendait le ramener dans le droit chemin des études de théologie et du sacerdoce, et la sainte garce dans son fanatisme anti-chair finit par l'emporter : à trente ans environ, lâchement, Augustin répudia Floria. « J'ai recouvré la sérénité propice au salut de mon âme. » Quel himalaya d'hypocrisie au regard de la vérité poignante du témoignage de la petite fleur sacrifiée sur l'autel de la bigoterie ! « Pauvre Augustin à la virilité honteuse, toi qui étais mon étalon, mon fier pilier de lit, comme tu t'enivrais de mes parfums ! » Le nouveau converti à la chasteté pousse la complaisance envers sa mère jusqu'à traiter Floria à plusieurs reprises de putain, « scortum ». Mais dieu est juste, vingt ans après le bougre souffre encore, sa conscience est son bourreau; il souffre d'avoir perdu Floria, peut-être, de l'avoir trahie et livrée au désespoir, sûrement. Une autre question, de pure doctrine celle-ci, qui le hanta des années, atteste l'étendue de son mal : « Quel est le plus grand péché, vivre un amour sensuel avec la femme qu'on aime ou enlever à cette femme son unique enfant ? » Ainsi n'aviez-vous pas encore touché le fond de la turpitude de l'évêque.

Et le voici maintenant dans la grotte, écrasé, grelottant de remords, qui tient embrassés les genoux du Christ dans la posture du suppliant; par terre, à ses pieds, trois ou quatre livres, qu'il a dû prélever en hâte sur les rayonnages du cabinet secret, l'un d'eux, ouvert, est vraisemblablement celui, si précieux, dont l'entaille dorsale porte témoignage de la blessure ancienne, c'est tout ce qui lui reste de Floria, puisque Adéodat est mort, à condition de ne pas oublier, toujours bien en vue au centre, la conque que les amants ont ramassée sur la plage de Carthage, le jour où ils ont murmuré de conserve, « nos doigts se nouent pour dire nous au monde ». Il serre si fort les genoux que le sommet de son crâne frôle les pans bosselés de la tunique, il demande pardon pour son crime. Le Christ, compatissant, console son ouaille, l'absout : Augustin a senti d'emblée, vibrant d'espoir, qu'il devait accueillir cette femme, hardie, belle, émouvante, si ressemblante à celle qui a hanté ses jours et ses nuits pendant vingt ans, (une petite vengeance posthume n'est pas à écarter complètement, encore qu'il soit assez bas de prêter au prélat une aussi vilaine pensée, paix aux cendres de la maman) dieu le lui ordonnait; il a compris d'instinct que son maître lui offrait enfin la possibilité de se racheter, de réparer, après des lustres de repentir stérile, que la blessure et la brèche ne se refermeraient qu'à ce prix ; le temps est venu de rendre à l'amour ce qu'il lui a pris : celui qui a fait saigner l'amour doit réparation et guérison à ceux qui saignent d'amour. Milena le sait, qui paraît apaisée et confiante, malgré sa pâleur.

Elle est confortablement installée, malgré la hauteur excessive des accoudoirs qui imprime un semblant de raideur au bras droit, sans pour autant déparer la main qui, légèrement tournée vers l'extérieur, reste souple et déliée. Ample, la robe de lin plissée est tenue par deux fines bretelles aux attaches flottantes ; on dirait un voile transparent chu librement sur le corps gracile qu'un lien invisible serrerait à la taille. La jambe gauche, repliée, laisse tomber en cascade les plis de la robe, tandis que l'autre, allongée, forme une ligne continue jusqu'au pied nu. Une éventuelle confusion avec une apparition séraphique serait sans fondement, car les houles où s'enroulent les cheveux très noirs, par le vif contraste avec la blancheur de la robe et des épaules révèlent une âme forte, éprise de liberté, et une sensualité contenue. Tu éprouves un doute sur ce que la main droite laisse entendre, tu balances entre l'accueil et le congé : entre une main qui dit « dégage » et une autre qui dit « viens », la différence est ténue, elle ne tient qu'à l'arrondi des phalanges. Les peintres cèdent souvent à la coquetterie de suggérer autre chose, le contraire même n'est pas exclu, que ce qu'ils montrent en réalité ; ils commettent délibérément une sorte de solécisme, comme s'ils assumaient mais surtout jouaient de l'imposture inhérente à l'art dans sa prétention à reproduire exactement le vivant.

Ainsi du visage de Milena, qu'on croirait obtenu à l'aide du célèbre badigeon de Balthus : une vibration latente entretient le mystère sur ce qu'il exprime, tu y lis à la fois la sérénité et la tension, comme une attente, mais la certitude du cœur l'emporte, tu sais qu'elle ne saigne plus, qu'elle est heureuse maintenant, tu reçois la lumière qui irradie d'elle, tu ne saignes plus : son sourire insensiblement se transforme, se desserre, s'ovalise, s'éloigne nettement du sourire énigmatique de la Joconde, pour ressembler à celui, franc et ouvert, de la jeune fille riant de Vermeer. La main droite frémit, se soulève, s'arrondit, crève la toile, sans la déchirer, comme au cinéma quand on passe de l'autre côté du miroir, Milena t'invite à la rejoindre pour partager l'extase spirituelle, cela va de soi, mais si Augustin a laissé sur la table la conque marine avec l'assentiment du Christ, c'est sûrement pour que tu y voies aussi le gage d'une jouissance charnelle, la vraie vie quoi, tu saisis sans hésiter la main offerte, si dieu existe, il est ce corps, ce visage, ce sourire de femme, rien autre, et par la brèche ainsi ouverte tu entres dans le tableau qu'a peint ton esprit.

Tu sillonnes gaiement les dunes d'Arrakis à dos de faiseur; Milena t'encourage de son sourire franc et ouvert. Elle t'aime.

Une femme pour vivre ? Exit Marie-Anne : quinze mois de solitude différée; cet aimable feuilleton s'inscrira dans ton existence comme un spasme de vacuité.

Une femme pour rêver? L'espoir est le bouclier des mauviettes, « le vrai héros s'amuse tout seul ».